講談社文庫

阿片

交代寄合伊那衆異聞

佐伯泰英

講談社

目次

交代寄合伊那衆異聞

阿《あ》片《へん》

◆『阿片——交代寄合伊那衆異聞』の主要登場人物◆

座光寺《ざこうじ》藤之助《とうのすけ》為清《ためすが》　信州伊那《いな》谷《だに》千四百十三石の直参《じきさん》旗本・交代寄合《こうたいよりあい》座光寺家当主。二十二歳。信濃《しなの》一傳流《いちでんりゅう》の遣《つか》い手。出奔《しゅっぽん》した前当主・左京《さきょう》為清を討ち、成り代わる。

高島玲奈《たかしまれいな》　長崎の有力な商家、町年寄・高島了悦《りょうえつ》の孫娘。射撃や乗馬、操船も得意。

酒井栄五郎《さかいえいごろう》　千葉周作《ちばしゅうさく》道場で藤之助と同門。長崎海軍伝習所の入所候補生。

一柳聖次郎《ひとつやなぎせいじろう》　大身旗本の御小姓番頭《おこしょうばんがしら》の次男。海軍伝習所の入所候補生。

能勢隈之助《のせくまのすけ》　海軍伝習所の演習中の事故で左手首を失い、江戸に帰されそうになる。

椚田太郎次《くぬぎだたろうじ》　長崎江戸町惣町乙名《そうまちおとな》。藤之助の支援者。能勢を匿《かくま》うことを託される。

勝麟太郎《かつりんたろう》（海舟《かいしゅう》）　幕臣。海軍伝習所の第一期生。

堀田正睦《ほったまさよし》　老中首座。藤之助に長崎行きを命じた。

上田寅吉《うえだとらきち》　豆州戸田湊《ずしゅうへだみなと》のもと船大工。長崎で西洋の造船技術を学ぶ。

宮内桐蔵《くないとうぞう》　小人目付《こびとめつけ》。隠れきりしたん狩りで玲奈たちを狙うが藤之助に斃《たお》される。

光村作太郎《こうむらさくたろう》　長崎目付。行方不明の能勢や宮内の探索で藤之助に不審を抱く。

飯干十八郎《いいぼしとおはちろう》　長崎奉行所の隠れきりしたん探索方。

池添亜紀《いけぞえあき》　弟隆之進《たかのしん》を連れ、婚約者だった佐賀藩士茂在宇介《しげありうすけ》の仇《かたき》と、藤之助を狙う。

おらん　座光寺家の前当主・左京と大金をくすね出奔した吉原の遊女・瀬紫《せむらさき》。

老陳《ろうちん》　唐人の闇組織・黒蛇頭《くろじゃとう》の頭目。

黄武尊《こうぶそん》　長崎・唐人屋敷の筆頭差配。

第一章　鼠島《ねずみじま》の鳥船

一

弾むような太鼓の音が町内を移動していき、空へと消えた。

赫々《かっかく》たる陽光が肥前《ひぜん》長崎の町に照り付けていた。

稲佐山《いなさやま》の上に真っ白な雲が浮かび、ゆっくりと西へと流れている。

海を渡って風が吹いてきた。

旧暦七月も終わりに近い。季節は秋へと深まりを見せていた。だが、南国長崎の陽光は強く、眩《まぶ》しかった。

昼下がり、長崎伝習所の門を出た座光寺《ざこうじ》藤之助《とうのすけ》は石段を下りながら額の汗を拭《ぬぐ》った。

大波止《おおはと》の大玉の傍《かたわ》らで足を止めた。

島原《しまばら》の乱の際に造られ、使うことのなかった砲弾を土地の人は親しみをこめて、テッポンタマ、と呼んだ。長崎七不思議の一つで、

「大波止に玉あれども大砲なし」

と俗謡にも歌われている。

この大砲の大玉は文政《ぶんせい》十一年（一八二八）八月九日の深夜から十日の未明にかけて長崎を襲った台風で海に転がり落ちた。

二百余年の歳月潮風に晒《さら》され、時に海中に転がり落ちては引き上げられ、さらに強い日差しを受けてもテッポンタマは、大波止の名物として厳然と存在し、長崎の人々に親しまれていた。

藤之助は鉄の大玉に片手をかけた。

この大嵐、長崎を襲った台風としては未曾有《みぞう》な被害を齎《もたら》し、死者は数百人に及び、大波止にも三十数人の亡骸《なきがら》が見られたという。また入津《にゅうしん》していた唐船三隻も稲佐、大《だい》黒町《こくまち》、馬込《まごめ》の海岸それぞれに打ち上げられた。

その嵐の最中、大事件が起こった。

出航を間近に控えていた阿蘭陀《オランダ》船コリネリウス・ホウトマン号も稲佐海岸に吹き寄

せられ、大破した。そして、積荷の多くが海中に散らばり落ちた。座礁《ざしょう》した船の様子を見にいった役人は散乱した積荷に思わぬものを発見した。これが長崎ばかりか江戸までをも震撼《しんかん》させる事件に発展した。

後にシーボルト事件と呼ばれることになる大騒動だ。

出島に五年間滞在していた独逸《ドイツ》人医師のシーボルトの荷から幕府が禁じていた日本地図、伊能忠敬《いのうただたか》が実測した大日本沿海輿地《よち》全図の縮図などが発見されたのだ。

この縮図は幕府天文方高橋景保《たかはしかげやす》がシーボルトに贈ったものだった。

シーボルトは出国禁止の上、取調べを受けることになる。また高橋景保は捕縛された後、牢内で病死した。だが、その遺体は処分が決定するまで塩漬けにされ、埋葬されることはなかった。

鎖国政策を維持しようとする幕閣、先進国との学術交流を推し進めようとする研究者の考えの違いが生んだ悲劇であった。

船着場の沖合では阿蘭陀から幕府に寄贈されたスンビン号が碇《いかり》を下ろして、船尾では作業が行われていた。船板が架け替えられているのだ。遠目に、

「観光丸《かんこうまる》」

と藤之助には読めた。

阿蘭陀から寄贈された後、スンビン号は観光丸と改名された。だが、阿蘭陀海軍士官らによって操船指揮される蒸気船は、未《いま》だスンビン号として親しまれていた。そこで海軍伝習所ではスンビン号を幕府船籍の軍艦として認知させるために船板を付け替えようとしていた。

シーボルト事件からわずか二十八年、徳川幕府を、阿蘭陀を取り巻く時代状況は大きく変わろうとしていた。

隣国では清《しん》国が英吉利《イギリス》との阿片《あへん》戦争に敗れ、英吉利を始めとする列強の関心は今や日本開国と通商に移りつつあった。

開国を迫られた幕府では鎖国時代を通じて交流のあった阿蘭陀国の協力で必死に近代化を推し進めようとしていた。

スンビン号が観光丸と変わったのもそんな日本国と阿蘭陀を取り巻く時代背景のゆえだった。

藤之助は大波止から江戸町へと足を向けた。

いつの間にか藤之助の影が長く伸びていた。

「おげんやい！」

菅笠《すげがさ》を被《かぶ》った触れ売りが天秤棒《てんびんぼう》に荷を担《かつ》いで藤之助と擦《す》れ違った。

おげんやいの触れ声は鯨の肉を売る触れ売りだ。江戸や上方では決して聞くことのない売り声だ。さらにこの地では、

「ぶたっしょい！」

と触れ歩く者もいた。こちらは豚肉を売り歩く声だ。

鯨、豚、他国では決して見られない触れ売りだった。その他にも海鼠《なまこ》など長崎らしい食材がこの町では売られた。

阿蘭陀屋敷や唐人屋敷ではこれらの食材に香辛料調味料酒精を加えて調理した。そのせいで長崎の町には独特の、

「匂い」

が漂い、初めての来訪者を驚かせた。

わずか数ヵ月の暮らしで、藤之助は長崎の匂いを自然に受け入れていた。

前方から再び太鼓が聞こえてきた。

この月の二十五日から三日間、江戸相撲十代横綱雲竜久吉《うんりゅうきゅうきち》一行が長崎で興行を打つのだ。その触れ歩く太鼓だった。

相撲の触れ太鼓一行は出島と堀を挟《はさ》んで接する江戸町の一軒の大家の前で止まっていた。そこは惣町乙名《そうまちおとな》椚田太郎次《くぬぎだたろうじ》の家だ。

祝儀を貰ったか、触れ太鼓の一行が満面に笑みを浮かべて惣町乙名の家から太鼓の音とともに去っていった。

「座光寺様、ようういらっしゃいましたな」

太郎次が広い土間の上がり框《がまち》に腰を下ろして、西洋煙管《ギセル》を吸っていた。そのせいで辺りに甘い香が漂っていた。

長崎会所《かいしょ》の幹部の一人として長崎の命運を握る、三十八歳の太郎次の顔は日焼けして髭《ひげ》の剃《そ》り跡《あと》も青く精悍《せいかん》そのものだった。

「ちと早うございましたかな」

「なんの、頃合の刻限でござりましょうたい」

二人は椚田家の大勢の奉公人に見送られて家を出た。

「急にお呼び立てしてすまんこってす」

太郎次は行き先を言わなかった。

藤之助も尋ねようとはしなかった。

二人の間には短い付き合いながら確かな信頼関係が成り立っていた。

「太郎次どの、忙しい長崎で一番暇な男が座光寺藤之助にござる」

「座光寺様が一番暇といわっしゃるとね。長崎にお出でになられたのが夏前のこったいね。その間に座光寺様お一人で長崎奉行所を引っ掻《か》き回し、佐賀藩千人番所を仰天させてくさ、唐人町《とうじんまち》を不安に陥《おとしい》れられた。そげんな江戸の人間を太郎次、これまで見たことも聞いたこともございまっせんたい」

と太郎次が笑った。

「太郎次どの、それがし、江戸者ではない。伊那谷《いなだに》に育った山猿でな」

安政《あんせい》二年（一八五五）十月二日、江戸を襲った大地震を藤之助は伊那谷の座光寺家の山吹《やまぶき》陣屋で知った。藤之助らは陣屋家老にして剣術の師片桐朝和神無斎《かたぎりあさかじんむさい》の命で江戸屋敷に派遣された。

運命の悪戯《いたずら》は恐ろしい。

いくら列強各国が日本を窺《うかが》い、天変地異が多発する混乱の時代とはいえ、下士が旗本家の当主の座に摩《す》り替わるなどありえようか。

江戸に出た藤之助は、高家《こうけ》肝煎《きもいり》の品川《しながわ》家から養子に入った座光寺左京為清《さきようためすが》を対決して斃《たお》し、その座に就《つ》いた。

左京為清は伊那に本拠地を置く交代寄合衆《こうたいよりあいしゆう》座光寺家の本分と使命をないがしろにして放蕩《ほうとう》に耽《ふけ》っていた。ために座光寺家の存続を危ぶんだ一族の総意として始末され、藤之助が主の座に就いたのだ。

「波乱万丈の座光寺様にちいとお聞きしたかこつがございますたい」

「太郎次どの、申されよ」

「幕府小人目付《こびとめつけ》にしてきりしたん狩りの達人宮内桐蔵《くないとうぞう》様が行方《ゆくえ》を絶ったそうにございますな」

「それがしも聞いた。小人目付どのは隠密裡《おんみつり》に行動することが常、此度《こたび》も極秘で江戸に戻られたのではないかな」

「座光寺様、幕府直轄地《ちょつかつち》の長崎を監督支配なされるのはむろん江戸から参られた長崎奉行にございますがな、とはいえその実行範囲はせいぜい一割か二割」

「残りの八割がたは長崎会所、つまりは惣町乙名の太郎次どの方の実権下にあるとそれがしも心得ております」

「へえっ、おっしゃるとおりでございますよ。長崎会所には小人目付の宮内桐蔵様を始末したのはどこぞの剣術指南方という噂《うわさ》を流す人もおりましてな」

「ほう」

と藤之助は答えた。

「噂ほど根も葉もなきものはございますまい」

「長崎ではたい、江戸からの通達よりも噂のほうがくさ、信頼できると考えておりますもん」

「太郎次どの、噂が真実《まこと》なれば迷惑ですか」

太郎次がにっこりと笑った。

「いやさ、長崎会所では小人目付を始末したお方に報奨金を出してよかろうかどうか、真剣に話し合われておるところですたい」

二人は江戸町の船着場に辿《たど》りついていた。そこに藤之助が馴染《なじ》みの小舟が待ち受けていた。口と耳が不自由という船頭の魚心《ぎょしん》とはすでに藤之助も承知していた。

出島を横目に直《す》ぐに小舟は船着場を離れ、帆が張られた。

(遠出するつもりか)

藤之助はちらりとそう思ったが、口にすることはなかった。

「能勢《のせ》はどうしております」

藤之助は話題を変えた。

幕臣の子弟能勢隈之助《くまのすけ》は、幕府が創設した海軍伝習所に入所するために江戸から長崎入りした一人だ。

この隈之助を悲劇が見舞った。

射撃訓練の最中、銃弾詰まりを起こしたゲーベル銃が暴発して手や顔に大怪我を負ったのだ。

手術を担当した外科医三好彦馬《みよしひこま》は懸命の治療を行ったが、隈之助は左手を失った。海軍伝習所を統轄する長崎奉行川村修就《かわむらながたか》と伝習所総監永井尚志《ながいなおゆき》は、隈之助を江戸へ戻すことを決定した。片手を失った人間に海軍伝習所入所の資格はないというわけだ。

非情の決定に逆らったのが藤之助だ。片手になった若者を失意のまま江戸に戻すより長崎で新しい生き方を見つけられないか、隈之助と話し合った結果の行動だった。勝麟太郎《かつりんたろう》の手助けで密かに隈之助と伝習所を抜け出た藤之助は、江戸町惣町乙名の太郎次に隈之助の身柄を一旦《いったん》預けていた。

「ようやく左手を失った悲しみから立ち直られたように見受けられます」

藤之助は頷《うなず》き、

「それもこれも太郎次どののお蔭《かげ》です」

「座光寺様、能勢隈之助様の大変はこれからですばい」

「いかにもさよう」

右手一本になった隈之助は武士を捨てることを決意したが確固としたものではなかった。

「傷は癒《い》えましたがな、まだ将来を考えられる余裕はないように見受けられます」

「しばし時間がかかりましょうな」

太郎次が頷いた。

小舟は湊《みなと》を湾口の方角に進んでいた。

西に傾いた陽射しが波にきらきらと煌《きら》めいて、陽光に焼けた太郎次の顔を照らしていた。

「座光寺様、長崎目付《めつけ》の光村作太郎《こうむらさくたろう》様が先日からしばしば家に見えられましてな」

「能勢隈之助の捜索ですか」

あるいは宮内桐蔵の行方不明の件かとも、藤之助は考えた。

隈之助が海軍伝習所内から消えた一件の真相を、長崎奉行川村も海軍伝習所初代総監の永井も薄々と承知し、黙認していた。

長崎目付の光村作太郎には長崎在勤の直参《じきさん》旗本御家人すべての行動風紀に目を配る職務があった。

伝習所入所候補生の能勢隈之助が演習の最中に怪我をし、江戸へ移送と決定された以上、長崎から送り出す使命を負っていた。

その隈之助が姿を消したのだ。

「まず間違いございまっせん」

隈之助を乗せるはずの江戸丸が出港し、やれ一安心と藤之助らは考えていた。だが、光村作太郎は執拗《しつよう》にも隈之助の行方探索を続けていたのだ。

「長崎目付を甘く見ておったか」

「幕臣の行動を見守るのが光村様のお役目の一つでございますよ。致し方ございますまい」

「目をつけられたとあっては太郎次どのの家にいつまでも厄介《やっかい》になるわけにはいかぬな」

「へえっ」

と答えた太郎次が、

「座光寺様、すでにうちから別の場所に移させました」

「手早い」

「あれで光村様はなかなかお役目熱心な方ですからな」

「その家に迷惑は掛かりませぬか」

「座光寺様、長崎奉行所も目付も長崎領内のすべてを把握しておるわけではございまっせん」

最前と同じ言葉を太郎次が吐《は》いた。

「隈之助に会うことができようか」

太郎次が頷いたとき、銅鑼《どら》と太鼓の音が海上に響いた。

藤之助が初めて見る船だった。

舳先《へさき》の竜頭、艫《とも》の竜尾を派手な色彩で飾った船の両舷に漕《こ》ぎ手を揃《そろ》え、近付いてきた。

「競渡船《ペーロン》でございますよ」

「ペーロン」

「唐人たちが長崎に伝えた風習の一つでございましてね、いつ長崎に渡来したかは定かではございません。ばってん、何十年も前に書かれた『清俗紀聞』という本に、『朔日《さくじつ》より六日まで江湖のある地方は数艘《そう》の竜船《ろんじえん》を浮かべ競い渡る。船は長さ五、六間、幅二間ほど、舳先に竜頭、艫に竜尾を飾り、船全体に竜鱗を描き凡《すべ》て彩色を加え、竜の、水上に浮かびたる勢いにかたどる』とかの国で生まれた風習の説明がございますたい」

「それが長崎に伝わったのですね」

太郎次は頷いた。

「これらの竜船を唐人町、長崎各町内がそれぞれ所有しておりましてな、端午《たんご》の節句の頃合に競漕《きょうそう》が行われるとですよ。竜旗を掲げ、銅鑼、太鼓を打ち鳴らし、何十人もの漕ぎ手が呼吸を合わせて競漕するとですよ。なかなか壮観な見物にございますばい」

「あの竜船は練習にございますか」

「このペーロン、元々の淵源《えんげん》は屈原《くつげん》を弔《とむら》うために行われるようになったと嘘かほんとか申します。今年のペーロンでは船大工町《ふなだいくまち》の竜船に水が入りましてな、途中で競漕を止める屈辱を味わいました。そこで町内の長老が来年のペーロンにはなんとしても一番旗を勝ち取れと、来年に向けて早稽古《はやげいこ》をしているところですよ」

船大工町の竜船が太郎次の小舟とすれ違った。

銅鑼を叩《たた》く男が太郎次に桴《ばち》を振り上げて挨拶《あいさつ》した。

「気張《きば》れなされ、船大工町の衆よ」

漕ぎ手の額に汗が光っていた。

一瞬の内にすれ違った竜船のたてる波が小舟を揺らした。

「座光寺様、本日、お誘いした理由ばそろそろお話し致しまっしょ」

と太郎次が語調を変えた。

「三日前の明け方にございますよ。新地《しんち》荷蔵《にぐら》裏のどぶ川に若い遊女の若葉《わかば》が浮いて見付かりました」

「殺しですか」

「殺しといえば殺しかもしれまっせん」

太郎次は曖昧《あいまい》とした答えをした。

「ばってん若葉に刺し傷も首を絞められた跡もございまっせん。流れに顔ば浸《つ》けて死んでおりました」

「溺死かな」

「それがせいぜい一寸ばかりの流れでございましてな、溺《おぼ》れるにはちと無理がございます」

藤之助はただ頷いた。

「若葉は見つかったとき、真っ裸で襦袢《じゅばん》一枚身につけておりませんでした。着ていた衣服はどぶに浮いておりました。手には煙管《キセル》だけを握り締め、顔にはなんとも不思議な笑みがございましてな」

「だれぞが無理に脱がしたわけではない」

「様子から見て若葉が脱いだものと思えます」

藤之助は死因がなにか推測も出来なかった。

「この半年余りの間に若葉が亡くなったと同じような事件が数件ございました」

藤之助は太郎次を見やった。

「阿片《あへん》という薬の名をご存知ですかな」

藤之助は首を横に振った。

「深い陶酔と快楽を与えると同時に身ばかりか国までも滅ぼすことになる」

太郎次は清国を苦しめた阿片戦争を引き合いに出した。

「若葉の死は阿片のせいと申されるので」

「阿片です」

太郎次が言い切った。

「分からぬ」

と藤之助が洩《も》らし、太郎次がさらに話を進めた。

「若葉は阿蘭陀行の遊女でもなく唐人行でもなかったとです」

「若葉が阿蘭陀行とも唐人行とも違う遊女であったことと、此度《こたび》の死に関わりがございますので」

「座光寺様、回り持った言い方をしましたな、長崎会所ではこの一、二年前から阿片が入り込んでいることに神経を尖《とが》らせて参りました」

「若葉は自らの考えで阿片を吸飲したのですか」

藤之助は念を押した。

「われらは唐人屋敷から阿片が町へ流れたと見ております。若葉は仲間の唐人行の遊女から阿片を分けて貰《もら》ったのでございましょう。じゃが、吸飲の量を間違えたか、方法を間違えたかしてどぶ川に嵌《は》まり、自ら衣服を脱いで真っ裸になって死んだ。心臓が破裂したと医師は申しますたい。会所では阿片が長崎にもたらす影響を諸々《もろもろ》考えました。すでに長崎は列強の開国と通商の要求で独占的な地位を失おうとしておりますたい。阿片の流行は衰退に拍車をかけることになるやも知れまっせん」

藤之助はようやく太郎次の案ずることに触れたと思った。

小舟の帆がばたばたと鳴った。

二

四半刻《しはんとき》後、太郎次と藤之助の乗る小舟は長崎湾口に浮かぶ小島に接近していった。

帆は下ろされ、櫓《ろ》に替えられていた。

通った覚えがあった。
長崎町年寄の高島《たかしま》家の孫娘玲奈《れいな》や唐人屋敷の筆頭差配黄武尊大人《こうぶそんたいじん》との船行で傍《かたわ》らを
この島影に藤之助は見覚えがあった。
「鼠島《ねずみじま》ですたい」

「昨年の二月のことです。長崎奉行所では鼠島を異人の遊歩場に許可しましたもん。出島の阿蘭陀人は夏になると下着一枚でな、この島に出かけてきましてな、海水浴と称して泳いだり、浜で日光を体に受けたりして過ごしよりますもん。今年の夏はことの外《ほか》暑うございまっしょ。日中は阿蘭陀人ばっかりか、英吉利《イギリス》人らも水浴しておりますげな」


小舟が岩場の間の水路を巧みに縫《ぬ》って進んだ。すると藤之助が見慣れた濃緑色の船影が停泊しているのが見えた。西洋式の造船技術で造られた小帆艇《しょうはんてい》レイナ号だ。

長崎町年寄の一人、高島了悦《りょうえつ》の孫娘玲奈の持ち船だ。

「太郎次どの、待ち人がおられたか」

「玲奈様と約束で座光寺様を鼠島まで誘い出しました」

「長崎会所の意向ですか」

「いえ、違います。玲奈様とわしの考えで座光寺様に見て欲しいことがございましてな」

太郎次と藤之助を乗せてきた小舟はレイナ号と舷側《ふなべり》を合わせるように止められた。

二つの船の長さはほぼ一緒だが、和船と洋式帆艇の造りは全く違った。

「玲奈嬢さんは島の散歩やろかね。まだ見物には時間がたっぷりございますもん」

太郎次が無人のレイナ号を見て言った。

「太郎次どの、それがしも島に上陸してよいか」

「自由になっせ。小さな島ですたい、玲奈様と行き合いまっしょ」

と許しを与えた。

藤之助は、藤源次《とうげんじ》助真《すけざね》を手に小舟から岩場に飛び移り、鼠島に上陸した。

切り立った岩場は緩やかな傾斜で海から七、八間の高さまで上っていた。さらに緑の茂った斜面が頂きに向かい、延びていた。

藤之助は助真を腰に差し落とすと岩場を這《は》い上がった。

昼間の熱気が未だ漂い残り、藤之助の身を押し包んだ。

藤之助は急な岩場を避けつつ右に左に回り込み、鬱蒼《うっそう》とした密林の中を鼠島の頂きを目指した。

太郎次と玲奈がなにを画策しておるのであれ、島の全容を知る必要があると思ったからだ。

密林が切れ、再び岩場と変わった。

頂きに出ると四周が見渡せた。

藤之助はまず西の海を眺《なが》めた。

夏の太陽は傾き、角力灘《すもうなだ》へと沈もうとしていた。そのせいで海が黄金色に染まり、きらきらと輝いていた。

海風が下から吹き上げてきて藤之助の頬《ほお》を弄《なぶ》った。

藤之助は玲奈の姿を捜した。

鼠島に人影はないように思えた。島の東南に小さく弧状に延びた浜があっていくつか小屋が見えた。異人たちに開放された遊泳場であろう。

藤之助が乗ってきた小舟とレイナ号は頂きから眺めることは出来なかった。二隻の船は鼠島の北側の岩場に隠れ潜んで接岸されていたからだ。

藤之助は助真を腰から抜き、頂きの近くに突き出た岩に腰を下ろした。

風が吹き上げてきて、火照《ほて》った藤之助の体を撫《な》でた。馴染《なじ》みの香りが風にかすかに漂っていることに藤之助は気付いていた。

夕闇から山猫が抜け出るように藤之助の傍らに一人の女が姿を見せた。

リボンを垂らした黒いつば広の帽子を脱ぎ捨て、藤之助の腕の中に飛び込んでくると片腕を首に巻き付けたのは玲奈だ。

「ようこそ鼠島へ」

そういうと玲奈はいきなり藤之助の唇に自分のものを重ねた。

玲奈の全身から香水が入り混じった芳醇《ほうじゅん》な匂いが漂い、藤之助の脳髄《のうずい》を刺激した。

薄い衣装を通して玲奈のしなやかな肉体のふくらみや括《くび》れを藤之助は感じとることが出来た。

両腕の中の玲奈を離すと、

「今宵《こよい》は江戸町惣町乙名どのとなにを企んでおる」

と藤之助は訊《き》いた。

「話は聞いたわね」

藤之助の膝に腰掛けた玲奈が念を押した。

「遊女の若葉が阿片の犠牲になったという話は聞かされた」

玲奈が頷《うなず》くと、

「阿片をだれが長崎に持ち込むのか、確かめようという話なの」

「それがしの役目はなんだな」

「まずはその目で現実を確かめる」

「太郎次どのと玲奈はすでに阿片を持ち込む人物に心当たりがあるようだな」

「なくもないわ」

日が海にことりと沈んだ。

一瞬鼠島が濁った茜《あかね》色に染め出され、玲奈の顔が陰影を帯びて浮かび上がった。悪《いた》戯《ずら》そうな笑みを湛《たた》えた瞳も残光を映して茜色に染まっていた。

玲奈が再び藤之助の唇を奪った。

二人はしばらくお互いを確かめ合うように互いの唇を貪《むさぼ》り合った。

その玲奈の片手が藤之助の左の脇の下に回され、なにかを探った。

そこには亜米利加《アメリカ》国のスミス・アンド・ウエッソン社製造の1／2ファースト・イシュー輪胴式連発短銃《リムファイヤーリボルバー》が吊《つ》るされていた。この三十二口径五連発短銃と、短銃を脇の下にぴたりと装着できるような革鞘《ホルダー》を贈ってくれたのは玲奈だ。

短銃を持参したことを確かめた玲奈が藤之助の膝の上から飛び降りた。

「騒ぎが起こりそうか」

玲奈は顔を横に振った。

「惣町乙名と私が想像していることが当たっているとしたら、それはないわ」

「知り合いということか」

玲奈が頷き、

「藤之助、あなたにも馴染みの人物よ」

「ほう、だれかな」

「まだ時間があるわ。船に戻りましょう」

玲奈は藤之助の問いには答えず、黒い帽子を頭に被《かぶ》ると先に立って岩場の船へと下り始めた。

玲奈の歩みが山の斜面で止まり、藤之助を振り返った。

「今晩は確かめるだけでいいの。相手は大勢だもの、いくら座光寺藤之助でも多勢に無勢、相手は出来ないわ」

藤之助が頷き、両腕を回して、玲奈の腰を抱えると、
くるり
と位置を変えさせた。

「どうしたの」

「ここからはそれがしが先に立つ」

「惣町乙名の身になにかが起こったの」

藤之助の指が玲奈の唇に触れて、沈黙を強《し》いた。

玲奈が黙したまま頷いた。

藤之助は玲奈の手を引くと鼠島北側の岩場を伝い、太郎次の小舟とレイナ号が停泊する浜に下っていった。

岩場に異変が起こっていた。

二隻の船を取り囲む気配があった。

太郎次もそのことに気付いていると察せられた。だが、太郎次は騒ぎを起こしたくないと、
じいっ
と成り行きをみているのではないかと、藤之助は推測した。

弦月《げんげつ》が上がり、鼠島を淡く照らした。

藤之助は玲奈の手を引いて岩場の一つに這い上がり、身を伏せた。

岩場からまずレイナ号の帆柱が見えた。さらに前進した。すると二隻の船が姿を現し、太郎次と船頭の魚心が知らぬ素振りで酒を飲んでいた。

藤之助と玲奈は視線を移動させた。

二隻の船が泊まる岩場の浜から一丁ほど離れた浜に一隻の船が見えた。小型のジャ

ンク船だ。船には二人の男の影があった。

藤之助はさらに目を転じた。すると六つの人影が岩場を這い、太郎次らに接近しようとしていた。黒衣の者たちは腰に円月刀《えんげつとう》を差し落とし、それぞれ手に銃を携帯していた。

玲奈らが正体を確かめようとする一行の先遣隊か。

藤之助は腰の大小を抜くと玲奈に預け、岩場に残るように命じた。

「なにをする気」

助真と脇差《わきざし》を抱えた玲奈が声を潜めて聞いた。

「このままでは太郎次どのらが危ないでな、ちと節介《せっかい》を致す」

「騒ぎは起こさないで」

「まずジャンクの二人を黙らせる。玲奈、見ておれ」

と言い残し、岩場を這いずり下りた。

玲奈は藤之助が野袴《のばかま》の裾《すそ》をひらめかせて、長身が岩場を飛ぶように動くのを驚異の目で見ていた。

交代寄合伊那衆の座光寺家は伊那谷の山吹に領地があった。

山吹陣屋からは信濃《しなの》の諏訪湖《すわこ》に水源を持つ天竜川《てんりゅうがわ》が流れる光景が望めた。さらにその背後には伊那山脈が、さらに後方に一万尺余の白根《しらね》岳《だけ》や赤石《あかいし》山嶺が巨大な衝立《ついたて》のように聳《そび》えていた。

藤之助は座光寺一門だけに伝承される戦国剣法の信濃一傳流《いちでんりゅう》を片桐神無斎に叩《たた》き込まれてきた。

まず初歩は雄大な自然に対峙《たいじ》して、自然を凌駕《りょうが》する大きな構えを会得することであった。それは修行者の肚《はら》を練り、何事にも対処できる胆力を養うことでもあった。

先祖伝来の一傳流には一の手、二の手はあってもその先がなかった。

藤之助は一傳流に自ら創意工夫した秘剣を編み出していた。

二百数十年、平時が続き、再び波乱の時代を迎えようとしていた。

藤之助は波乱の時代を生き抜くために、

「天竜暴《あば》れ水」

なる剣技を創意した。

それは野分《のわき》に見舞われた天竜川が増水し、滔々《とうとう》と流れ下る奔流《ほんりゅう》が岩場にぶつかって四方八方に飛び散ることから想を得た電撃乱戦の玄妙剣《げんみようけん》だ。一人の剣者が多勢の者を相手に戦い、勝ちを得る剣法だった。

秘剣天竜暴れ水を使うためには滑る岩場を自在に走り飛ぶ、強靭《きょうじん》な足腰が要《い》った。

藤之助は鼠島の岩場を音も立てずに軽々と飛び移っていった。

「呆《あき》れた御仁《ごじん》だわ」

飛鳥のように岩場から岩場を飛び移った藤之助は、ジャンク船を見下ろす最後の岩場に着地した。

藤之助は懐から小鉈《こなた》を出した。それは山吹領に生まれ育った藤之助にとって己《おのれ》の体と同じように馴染んだ道具であり、武器であった。

最後の岩場から蝙蝠《こうもり》のようにジャンクへ飛んだ。

「あっ」

ジャンクの二人が侵入者に気付いて円月刀を摑《つか》もうとしたとき、藤之助の小鉈の峰が相手の首筋を叩き、鳩尾《みぞおち》に突っ込まれ、船中に転がした。

玲奈は音も立てずに二人の襲撃を終えた藤之助に快哉《かいさい》を叫んでいた。

藤之助は倒れ伏した唐人が完全に気を失っていることを確かめると、ジャンク船から棍棒《こんぼう》のようなものを探して手にした。

藤之助は二度三度と虚空で振り回して武器になるかどうか確かめると再びジャンク船から岩場へと飛び戻った。

太郎次らを襲う包囲の輪を縮める唐人一行に藤之助が走るのを確かめた玲奈は、大小を手に岩場を滑り下りた。

唐人らはレイナ号と小舟が停泊する海を取り囲み、岩場に伏せて射撃の体勢に移ろうとしていた。

もはや猶予《ゆうよ》はなかった。

ジャンクで見つけた棍棒は長さが四尺ほどで、折れ櫂《がい》を削ったもののようだった。

藤之助はまず二人が伏射の構えに入ろうとする岩場に飛ぶと、折れ櫂を右に左に振るって唐人の後頭部を殴りつけた。

うっ
という呻《うめ》き声を洩《も》らして二人が岩場に突っ伏せた。

気を失う程度に力を加減していた。

藤之助は次なる岩場に飛び移り、気配に気付いて振り向いた二人に棍棒を突っ込み、殴り付けて倒した。

残る二人は唐人の言葉で叫び合い、藤之助に銃口を向けた。

小舟の太郎次が盃《さかずき》を投げ捨てると立ち上がった。

その視界に驚きの光景が見えた。

藤之助が虚空に高々と跳躍し、銃口を向けようとした二人の唐人の頭上から鳶《とび》が地上の獲物を狙うように落下して、棍棒を一人の唐人の肩口に叩《たた》きつけ、岩場に着地すると身を転じて最後の一人に襲いかかって倒したのだ。なんとも凄まじい早業だった。

一瞬の裡《うち》に六人の唐人先遣隊は岩場に倒されていた。

「藤之助！　あなたって人は」

玲奈が姿を見せて、岩場のあちらこちらに倒れる唐人を見下ろした。

「気を失っておるだけだ」

太郎次も小舟から岩場に上がってきた。

「座光寺様、油断でした。気付いたときには奴らに囲まれておりましてな、身動きもつかなかったですもん。座光寺様がきっと急場を助けて下さるとな、辛抱ばしながら、酒を飲む振りばしておりました。いやはや冷や汗ばたっぷりと掻《か》きました」

と太郎次が苦笑いした。

「ジャンクにも二人が転がっているの、惣町乙名」

玲奈が説明した。

「どうしたもので」

藤之助が唐人たちの始末を聞いた。

「夜半の集まりを見届け終わるまで、こやつらには騒いでほしくございませんたい」

「ならばジャンクをこの岩場に移して、ジャンクの中に結わえておこうか」

藤之助の提案に太郎次が賛成し、太郎次と魚心がジャンクをこの浜まで移動させてくることになった。

二人がその場から消えると藤之助は棍棒で殴りつけて気を失わせた六人を次々抱えて一ヵ所に集めてきた。

「玲奈、喉が渇いた。なんぞ飲み物はないか」

「待って」

玲奈は自らの小帆艇に戻ると籐《とう》の籠《かご》を提げて岩場に戻ってきた。

「あれだけ走り回れば喉も渇くわ、人間業《わざ》とも思えないもの」

玲奈は籠の蓋を開けると、ぎゃまんの器を藤之助に持たせ、葡萄酒《ぶどうしゅ》の栓を抜いて器に注《つ》いだ。

「頂戴致す」

藤之助は阿蘭陀船が運んできた赤い葡萄酒を口に持っていった。すると芳醇《ほうじゅん》な香が鼻腔をついた。

「これは美味《おい》しそうじゃぞ」

「仏蘭西国《フランス》ボルドーの赤葡萄酒よ」

藤之助は口に含んだ。

ふんわり
と熟成された酒精が口内に広がり、喉に落ちた。

「美味かな」

玲奈が藤之助の器を奪うと飲んだ。

「今晩はただ見物するだけではなかったか」

「手違いはあるものよ」

玲奈が器に残った葡萄酒を口に含むと藤之助に、口移しに飲ませてくれた。

「座光寺様、それ以上の酒は、この世にございまっせんばい」

いつの間にか太郎次と魚心が唐人先遣隊のジャンク船を移動させて戻ってきていた。

「失礼をば致した」

「なんのことがありましょうや」

藤之助らは岩場の六人をジャンクに移し、八人となった唐人たちに猿轡《さるぐつわ》をかませ、手足を縛ってジャンクの船底に転がした。

「一汗掻きましたな」

太郎次が言ったとき、弦月は高く上っていた。

玲奈が小帆艇に籐籠《とうかご》から出した食べ物や飲み物を並べ、

「惣町乙名、腹拵《ごしら》えをしておきませんか」

と呼びかけた。

「玲奈お嬢さん、わっしらも酒と炊《た》き込みご飯の握り飯ば用意してきておりますたい」

玲奈と太郎次がそれぞれ用意していた食べ物と飲み物が月光にうっすらと明かりを投げかけるレイナ号の甲板上に広げられ、

「これは馳走じゃな」

と藤之助は感動の声を上げた。

三

藤之助は仏蘭西国産の赤葡萄酒の香りを改めて味わうと口に含み、ゆっくりと飲み干した。

「太郎次どの、玲奈、そろそろ今晩の趣向を聞かせてくれぬか」

と二人に話しかけた。

藤之助はその前日、太郎次から使いを貰い、

「明日昼過ぎから時間を作って下され」

との口上を受けていた。そこで藤之助は夕稽古《げいこ》欠席を伝習所総監永井尚志に断わり、師範らが指導にあたることを願っていた。

「藤之助、思い付くことはないの」

「太郎次どのから遊女の若葉が阿片を吸飲して自ら命を絶った話を聞かされ、そのような騒ぎが数件続いておると知らされた。さらには鼠島で唐人らが姿を見せたことを考えれば、抜け荷の行われる現場にそれがしを招き、目撃させようというところまでは推測がつく」

二人が頷いた。

藤之助の傍らでは玲奈が半身を預け、薄物を通して玲奈の肌の温もりも感じ取れた。

「またそれがしの宿敵となった黒蛇頭《くろじゃとう》の首魁老陳《ろうちん》の船が長崎に戻ってきたとも推量される。となると先の江戸の大地震の夜に妓楼《ぎろう》の金子《きんす》八百四十余両を盗み出し足抜けし

た遊女の瀬紫《せむらさき》ことおらんも一緒かもしれぬ」

頷いた太郎次は、手にしていたぎやまんの器の葡萄酒を嘗《な》めた。

「座光寺様が長崎に到来なされてわずか数ヵ月にございますな。常人では考えられぬほど長崎を諸々と経験なされました」

「惣町乙名、町年寄の孫娘どのと案内役がよいでな」

「いかにもさようで」

と太郎次が笑ったがすぐに険しい顔に戻した。

「座光寺様は肝っ玉も大きければ頭も柔らこうございますたい。じゃがその座光寺様をしてもわずか三月や四月で長崎のすべてがお分かり頂けたわけではございまっせん」

と江戸町惣町乙名は長崎言葉に変えて言った。

「太郎次どの、言うに及ばずだ。それがし、新参者ゆえ未だ長崎の全貌を見ておらぬ。今晩、新たな長崎が見られることは確かのようだがな」

「江戸幕府とほぼ同じく二百何十年前に成立した大清国は英吉利国との戦《いくさ》に敗れ、領土に英吉利の軍隊を入れることになりましたな」

「阿片戦争と呼ばれるものじゃな」

「はい、座光寺様。戦の切っ掛けになった阿片の恐ろしさを幕府も長崎も未だ知らぬのです」

「それがしが長崎を知らぬと同じようにか」

「座光寺様は類稀《たぐいまれ》な本能をお持ちの方です。だれが味方で敵か、瞬時に嗅《か》ぎ取られます。おそらく剣術修行の賜物《たまもの》にございまっしょう。われら、日本人は阿片がもたらす効用と弊害を未だ心から悟っているとは申し難《が》とうございますもんな」

「阿片には効用もあるのですか」

藤之助は、この夜目撃することに関わりがあるならばなんでも承知しておこうと思った。

「ございます。そこが恐ろしいところでもある」

太郎次はまたぎゃまんの器から赤を嘗《チンタ》め、

「少々生齧《なまかじ》りの薀蓄《うんちく》ば傾けますけん、我慢してつかあさい」

と前置きした。

「阿片と申すものは、芥子《けし》の実から作られるとです。芥子の花が開いて十日から二十日ばかり経った頃合、芥子の実を刃物で切り込むとどろどろの液が採れます。こいつを自然に乾燥させると黒っぽい粘土のようなものに変わりますたい。われらが阿片と呼ぶものです。複雑な精製の技術の必要ございまっせん。阿片には薬効がいろいろとございますそうな。それゆえに南蛮では何千年も前から知られていたようです。阿片のことを英吉利人は、おぴうむと呼び、唐人はあーぴょん、わが国では阿芙蓉《あふよう》として知られてきました」

「阿芙蓉なる言葉があるとすれば、われらが先祖は古くから阿片を受け入れていたということになる」

「室町時代に唐人が運んできたといわれております。ですが、自由に取引されるような量は出回ったわけではない。特に徳川幕府では厳しい制限の下に薬として認めておったのです」

「阿片の効用と害を一番知っているのは英吉利人よ」

と玲奈が言った。

「今から百五、六十年前、シデナムという医師は、全能の神が人々の苦悩を救うために与え賜うた薬物の中でも阿片ほど万能で有効なものはない、と絶賛しているそうよ。かの地では鎮静鎮痛効果があるとして、時には黒死病が流行《はや》ったときも使われたの」

「よいことだらけではないか」

「そのせいで文人らが阿片の虜《とりこ》になり、常用した」

「分からぬ」

と藤之助が呟き、

「玲奈も太郎次どのもそれがしに阿片の効用を説いておられるのか、それとも害を教えようとなさっておられるのか」

「藤之助、もう少し辛抱して聞くものよ」

玲奈がそう言うと藤之助の酒器に赤葡萄酒を注ぎ足した。

「座光寺様、阿片は薬にもなれば毒にもなる。英吉利国などでは阿片を薬のように口から服用致しますそうな。だが、清国では煙草《たばこ》のように喫煙で阿片を吸飲致します。これが益と害の分かれ目ですたい。口から経た阿片は五臓六腑の一つ、腸で吸収されて阿片の主成分が代謝され、この頭脳まではそう多く届かぬそうです。ゆえに阿片の効果はわずかで効きも遅い。一方、喫煙による阿片は脳に一気に多量に吸収され、効果も早うございますそうな。若葉が自らを見失い、どぶ水に浸かって死んでいたのは慣れぬ阿片を喫煙で取ったためでございまっしょ」

若葉が真っ裸で煙管だけを大事に握っていた理由かと気付かされた。

「若葉は煙草のように阿片を吸ったのですね」

「未だ調べがついておりまっせん。ばってん若葉は煙管ばしっかと握り締めておりました」

太郎次は慎重な答えを返した。

「だれが阿片を若葉に渡したかも分からぬので」

「なにしろ三日前のことでしてな」

と太郎次が答え、

「若葉さんの周辺から調べたいの」

藤之助は首を横に振った。

なにがしたいか、なにをせねばならないのか未だ考え付かなかった。

「太郎次どの、阿片なるものは薬として服用すれば益じゃが、嗜好品として使えば害となる。そう理解してよいか」

「簡単にいえば藤之助が言うとおりよ」

と藤之助の胸に体を寄せた玲奈が口を挟《はさ》んだ。

「まだ他に恐ろしきことがあるような口ぶりじゃな、玲奈」

「座光寺様、もうちっと辛抱して下され」

と苦笑いした太郎次が、

「ただ今、徳川様の支配なさる日本周辺に亜米利加《アメリカ》、英吉利、おろしゃ、仏蘭西と列強各国が開国を求め、通商を強要しておりますな。その中の一国、亜米利加国は英吉利国から分離独立するために戦い、勝ちを得て成立した国にございますそうな。この戦《いくさ》を独立戦争と称し、今からおよそ七十年前の話にございました。この折、英吉利では戦費を稼ぐために天竺《てんじく》で栽培した阿片を清国に持ち込み、巨利を得ようとした」

「藤之助、英吉利国は綿布を天竺に売り、その儲《もう》けで阿片を買って清国に運び込み、今度は清国から英吉利へ需要の多い茶、絹、焼物などを持ち帰ったの。英吉利、天竺、清国の三角交易と呼ばれるものよ」

四海の外では規模の大きな交易や幾多の戦争が行われてきたことを藤之助は知らされた。

「英吉利人はおよそ百年前から阿片を清国にどんどんと大量に持ち込み、阿片交易を成長させ、莫大《ばくだい》な利益を上げてきたの。それまで清国からの茶、絹物の輸出で英吉利国が清国に支払う銀が多かったそうよ。それが阿片交易の拡大とともに反対に清国が英吉利国に銀を支払う羽目に落ちた」

「清国政府はわが幕府が唐人と阿蘭陀以外の交易を制限したように、なにか手を打たなかったのか」

「座光寺様、むろん清国政府も阿片の輸入ならびに販売を、さらには芥子栽培、阿片製造を度々《たびたび》禁じて参りましたそうな。ですが、清国はわが国と異なり、国土広大にして政治の綱紀が乱れ、禁令も効果を上げませんでした。禁令を遵守《じゅんしゅ》するよりも、われらが煙草を吸うように阿片をこぞって吸飲し、その習慣が清国全土に広がったのでございまっしょ。阿片自体、その効用を承知の人が服用すれば益にございましょう。ばってん、こんように欲望に任せて喫煙すれば廃人となり、阿片に慣れぬ者は若葉のように幻覚を引き起こして死に至りますもん。清国のように国すら傾きます。清国政府はそこで最後の手段として英吉利国が介在する阿片輸入を全面的に禁じたとです」

「太郎次どの、それが阿片戦争の直接の因《もと》にございますな」

「いかにもさようです。だが、清国が阿片の恐ろしさに気付いたときには大象の体じゅうに阿片の毒が回り、身動きつかなかったのでございますたい。繰り返しになりますが、巧妙な英吉利国の仕掛けに嵌《は》まった清国の人々は阿片に耽溺《たんでき》し、国は莫大な銀を支払う羽目に落ちていた」

「戦の勝敗は最初から見えていたと太郎次どのは申されるのですな」

「さようです」

座にしばし沈黙があった。

藤之助は手にした酒器を口に持っていった。だが、酒はいつの間にか飲み干していた。

玲奈が自分の器と藤之助の器を交換してくれた。まだ半分ほど仏蘭西産の赤葡萄酒が入った器の酒を飲んだ。

「太郎次どのと玲奈は、わが幕府が清国の二の舞になることを恐れておるのか」

藤之助の問いに二人は直《す》ぐには答えなかった。

「藤之助、長崎には江戸幕府を案ずる余裕がないの。清国以上に長崎は危機に見舞われている」

「長年長崎は唐人交易と阿蘭陀交易を独占できてきたが、列強の圧迫で今危機に瀕《ひん》しておる、ということだな」

「藤之助、そういうことよ」

「まさか長崎は阿片に活路を見出そうとしておるのではあるまいな」

太郎次が瞑目《めいもく》し、

「会所の中にもいろいろな考えの御仁がおられましてな」

と答えた。

「だが、高島了悦様を始め長崎町年寄、われら乙名の大半は阿片を交易の対象にしようとは決して考えておりませぬ。だが、一部の者たちは長崎の地位失墜を恐れ、阿片に手を出そうとしておるのです」

「それがだれか太郎次どのは摑《つか》んでおられるのか」

おぼろげに、と答えた太郎次が、

「今晩、それを確かめに参りましたので」

と言い切った。ようやく藤之助は二人に誘い出された理由を悟らされた。

こつこつ
という音が響いた。

口と耳が不自由な魚心が三人の注意を引くために船縁《ふなべり》を拳《こぶし》で叩《たた》き、ジャンク船の八人がもそもそと動く光景を指差した。意識を取り戻した唐人は恐怖に顔を引《ひ》き攣《つ》らせていた。

「意識が戻ったようですな」

太郎次が立ち上がるとレイナ号からジャンク船に飛び移り、藤之助には理解のつかぬ唐人の言葉でなにか告げた。すると八人の唐人たちが静かになり、顔に安堵《あんど》の色も漂った。

「玲奈、今晩、われらはなにが起こるか見聞すればよいのだな」

「情報によると、かなり大きな規模の阿片密輸が鼠島で行われるそうよ。私たち三人でどうにもなるものではないわ」

　ジャンク船から太郎次が自ら小舟に飛び移り、

「阿片の蔓延《まんえん》を防ぐには水際で食い止める必要がございます。だが、すでに唐人らの手を経て長崎にもたらされている。そいつは若葉たちの死が教えています。だが、今晩の取引はそのような規模ではない」

　太郎次が仕度を始めた。

　玲奈の体が藤之助から離れた。そして、小帆艇の隠し戸棚に納った革製の鞄から二挺の銃が引き出された。

　一挺は射撃銃でもう一挺は散弾銃だった。

　玲奈が藤之助には馴染みの散弾銃を差し出した。

　藤之助は護身のために持参する散弾銃の銃身を折り、実包を二発装填《そうてん》した。実包には熊撃ち用の大粒散弾が詰められていた。

　玲奈も傍らで実弾を装填した。

　予備の銃弾と散弾を革鞄に詰めて、藤之助が背負った。そして、二挺の銃を手にレイナ号から岩場に飛び移り、散弾銃と射撃銃を一旦岩場に置くと玲奈の体を抱き上げ、岩場に移した。

「玲奈お嬢さん、座光寺様の挙動を見ておりますと、まるで出島の異人と付き合うているかのように思えますな」

「江戸から来た人間とはとても思えないわ」

「玲奈、そなたらに伊那谷の山吹領を見せたいくらいだ。周りには天竜の流れと山並みしかない。ただの山猿じゃあ」

「座光寺藤之助様は玲奈様にとっても長崎にとっても破格な人物にございまっしょう」

太郎次が手真似《てまね》で魚心に何事かを命じた。魚心も手話で答えを返した。

「よし、参りましょうかな」

月の上がり具合から四つ半（午後十一時）の頃合かと見当がつけられた。

先頭は太郎次が行き、続いて二挺の銃を背に負った藤之助が玲奈の手を引いて、鼠島の頂きを再び目指した。玲奈は肩に双眼鏡を入れた鞄をかけていた。

三人は黙々と山道を辿《たど》った。

頂きへ最初に到着した太郎次の口から押し殺した驚きの声が洩れた。だが、太郎次は藤之助と玲奈にはなにも告げず、その場に膝を突いて静かにしゃがみ込んだ。

藤之助らの目に黒々とした巨船が飛び込んできた。

「老陳の船が阿片の抜け荷にも関わっておるようだな」

藤之助は背から二挺の銃を下ろすと岩場に置き、玲奈を座らせると自らも腰を下ろした。

「太郎次どのも玲奈も老陳の登場にさほど驚いた風はないな」

「武器の抜け荷であろうがなんであろうが、金になることならなんでも手を出して荒稼ぎする黒蛇頭でございますよ。阿片取引に乗り出してくることは予測しておりました。じゃが、まさか長崎湾口まで鳥船を入れてくるとは考えもしませんでした。大胆不敵にも程があります」

唐人船の舳先《へさき》の下には鳥の目のようなものが一様に描かれていた。それで長崎では唐人船を、

「鳥船」

とも呼んだ。

「長崎奉行所も会所も嘗《な》められたものね」

と玲奈も憤慨《ふんがい》の様子で吐《は》き捨てるように言った。

「太郎次どの、奉行所の探索方は今晩の取引、察知しておらぬのか」

「なんとも申せませぬな。このところ長崎目付も探索方も他の用事で多忙にございましたからな」

「…………」

「宮内桐蔵様の行方不明騒ぎに奉行所も全力を挙げて探索に走り回っておりましたからな」

宮内桐蔵と対決し、斃《たお》したのは藤之助であり、その場には玲奈も居合わせた。宮内の骸《むくろ》は隠れきりしたん、ドーニャ・マリア・薫子《かおるこ》・デ・ソト、玲奈の実母らの手によって密かに埋葬されていた。

江戸から長崎にきた小人目付の死は謎のままに忘れ去られた、と藤之助は考えていたが、奉行所では探索を継続しているという。

太郎次は、宮内探索で手を割《さ》かれ、てんてこ舞いする長崎奉行所は、阿片の取引どころではあるまいという。

「太郎次どの、大鳥船に大量の阿片が積み込まれていると考えておられますか」

「阿片の一風袋《ふうたい》は百斤《きん》、およそ十六貫の重さがございますそうな。わしの勘では十袋は堅いとみております。じゃが、長崎だけで消費するにはかなりの量です。おそらく上方、江戸に運ばれる量にございますよ」

「これほどの阿片が日本に流入するのは初めてですかな」

「間違いなく初めてです」

と答えた太郎次が、

「座光寺様、ところが老陳自ら大船を率いて取引の場に姿を見せた。となるともう少し大掛かりかもしれませんな」

三人は鼠島の遊泳場の沖合に停泊する鳥船を見た。

老陳の船は静まり返っていた。

「夏は早く夜が明けますで、そろそろ買い手の船が姿を見せてもいい刻限ですがな」

と太郎次が言ったとき、まず長崎湾の外から千石船が静かに姿を見せた。

「薩摩《さつま》様の船が登場しなさったいね」

千石船はゆっくりと老陳の巨船の東側に碇《いかり》を投げ入れた。

四

「なにかあってもいかぬ。場所を替えようではないか。太郎次どの、いかに」

藤之助は老陳の巨船を見下ろす大きな岩場を指した。鼠島の頂きから遊泳場に向かって数丁下った南斜面の中腹にそれは聳えていた。

藤之助はより近くで阿片の取引を見届けようと二人に提案した。それは同時に玲奈の持つ射撃銃の射程内でもあった。

「よかですたい」

三人はレイナ号と小舟を舫《もや》った岩場の浜とは反対側の山道をひたひたと月光を頼りに下った。

老陳の鳥船が泊まる沖から一丁半ほどの岩場に到着し、這い上がったとき、薩摩船はすでに荷を積み込む作業に入っていた。弁才船《べざいせん》の揚げ蓋にはすでに木箱が何段も積まれていた。

三本の帆柱を持ち、主帆を吊るす檣《ほばしら》は長さ百三十尺を優に超えて、主檣《しゅしょう》上には三角旗が何流も夜風に閃《ひらめ》き、見張り楼があって二人の男が四周を睨《にら》んでいた。補助帆を張る帆柱上にも吹流しが靡《なび》き、それでさえ薩摩船の帆柱の高さを越えていた。

また鳥船の舷側の高さも薩摩船のそれの三倍以上と開きがあり、両船の大きさと積載量の差は、十倍以上はありそうに思えた。

「やはり大きいな」

藤之助が思わず洩らし、太郎次が、

「鉄砲にございますな」

と薩摩船が買い取る荷が鉄砲だといった。

高さの違う舷側をぴたりと合わせた二隻の船の甲板上には唐人の水夫《かこ》や薩摩人らが群がり、黙々と作業を続けていた。さらに高い艫櫓《ともやぐら》には作業を見詰める何人かの人影があった。

玲奈が革鞄の蓋を開いて双眼鏡を取り出し、目に当てた。それが藤之助に差し出された。

藤之助は玲奈が見ていた艫櫓に目を向けた。

南蛮渡来の双眼鏡の中にいきなりおらんの姿が浮かび上がった。

唐人船の艫櫓に立つおらんは、赤い唐人服《チャイナドレス》に身を包み、煙管を吹かしながら取引を見ていた。

双眼鏡は、おらんの物憂《ものう》い表情までもを見分けた。

藤之助は双眼鏡を移動させたが老陳の姿は艫櫓のどこにも見えなかった。さらに後檣の吹流しに、

「寧波《ニンポー》　黒竜《こくりゅう》」

と書かれているのが確かめられた。

寧波は母港を表し、黒竜が老陳の大型の鳥船の船名を示していると藤之助は察しをつけた。

藤之助は太郎次に双眼鏡を回した。

鉄砲の受け渡しは終わったか、黒竜の船腹から麻袋が運び上げられて甲板に詰まれた。

「座光寺様、あれが百斤入りの阿片にございますたい」

太郎次が言った。

薩摩船に二袋の阿片が積み込まれ、交代に銭箱が渡されて艫櫓の見届けの番唐人の下へと届けられ、勘定された。

「玲奈様、座光寺様、現れましたばい」

長崎の湊《みなと》の方角から黒帆の五百石船と、それを護衛する七丁櫓《ろ》の早船が囲んで姿を見せた。

双眼鏡が太郎次から玲奈に戻された。

藤之助は急速に鳥船の黒竜に接近する五百石船の一行を見ていた。五百石船の黒帆の下には着物の裾を尻端折《はしよ》りにした男と羽織の男が並ぶように立っていた。

「薬種《やくしゅ》問屋福江左吉郎《ふくえさきちろう》にございますたい」

太郎次の声音に予測が当たったという響きがあった。

「羽織の男はだれです」

「長崎者ではございまっせんな。上方辺りの商人やろか」

五百石船の一団が薩摩船とは反対の左舷に着けられ、福江左吉郎ともう一人の男が黒竜から降ろされた梯子《はしご》を使い、甲板に上がっていった。さらに早船から千両箱が次々に上げられ、艫櫓下の番唐人の前に積まれた。

千両箱の傍らには百斤入りの麻袋が詰まれ、番唐人の一人が千両箱の蓋を開いて確かめ、福江左吉郎が麻袋に火箸《ひばし》のようなものを突き刺し、それを抜くと火箸の先に付着した阿片の小片を噛《か》んだり、嘗めたりして阿片の品質を調べていた。

どうやら互いの約定が守られたことが確かめられたか、黒竜の船上の人足たちの動きが慌《あわただ》しくなった。

阿片の袋が荷船へと次々に下ろされていく。

「福江左吉郎も大胆な商売をしなさるばい。なんと一気に二十袋を買い取るとは驚きましたな、薩摩船でさえ二袋しか買いまっせん。そいを福江左吉郎め、阿片三百二十貫で長崎じゅうを阿片漬けにする気かいね」

と太郎次が怒りの籠《こも》った声で言い捨てた。

艫櫓では取引を終えた薩摩方と唐人の幹部連が酒を酌み交わしていた。

「老陣が姿を見せたわ」

と双眼鏡を覗いていた玲奈が呟《つぶや》いた。

見事な唐刺繍《ししゆう》が施された長衣に筒型の帽子を被《かぶ》った老陣に、薩摩の役人が揉み手をせんばかりにして挨拶《あいさつ》する様子が遠目にも確かめられた。

おらんは老陣に従い、宴の接待役を務めていた。

藤之助はふと湊の方角に視線をやった。波間に紛《まぎ》れるように四隻の船が取引の現場に忍び寄ろうとしていた。

「太郎次どの、あれを見られよ」

藤之助の視線の先を見た太郎次が、

「長崎奉行所も取引を承知しておりましたか」

と驚きを滲《にじ》ませて呟いた。

玲奈の双眼鏡が忍び寄る御用船を見た。

左右の舷側に漕ぎ手を揃《そろ》えた御用船には鉄砲を携《たずさ》えた役人がそれぞれ十人ほど乗り込み、四十人の捕り方が老陣の鳥船を囲もうとしていた。

「まさかあん船と装備で老陣一味を捕縛しようというのではございますまいな」

太郎次が危惧《きぐ》の声を洩らしたとき、黒竜号の帆柱上にいた見張りが接近する長崎奉行所の御用船に気付き、艫櫓に向かって警告を発した。

船上に慌しくも緊迫の空気が走り、まず薩摩の役人らが宴の場から弁才船に急ぎ戻ると出船の仕度を始めた。

福江左吉郎一行の阿片取引は未だ終わっていなかった。船から船への荷渡しが忙しくなった。

鳥船に明かりが入り、戦《いくさ》仕度が始まった。

福江左吉郎と羽織の男が五百石船に戻り、荷積みが終わり次第鳥船を離れる仕度にかかった。

円月刀を下げた老陳の手下たちが船上を慌しく走り回り、何挺もの鉄砲が近付く御用船に狙いを付けた。

御用船もまた唐船の気配に気付き、隠密の行動を捨てると長崎奉行所の御用船であることを示す提灯《ちょうちん》を点し、舳《とも》先に立ち上がった役人がなにか唐人の言葉で叫んだ。

藤之助には聞き取れなかった。だが、玲奈も太郎次も理解したようで、

「無謀なことをしようらすばい」

「老陳の恐ろしさを知らない江戸者だわ」

と言い合った。

藤之助は艫櫓に大砲が二門、高く突き上がった舳先下にも数門の大砲と臼砲《きゆうほう》が引き出されたのを見た。

黒竜が甲板下に両舷各数十門の最新式大砲で武装されていることを藤之助は、唐人屋敷の黄武尊《こうぶそん》大人との船遊びの最中に知らされていた。

海戦に使われる大型砲は正体を見せず、その威力は秘められたままだった。

「老陳め、御用船を海の底に沈める気ですばい」

玲奈が用意してきた射撃銃に手を伸ばした。

射撃銃では大型の黒竜を追い払うことを出来ないことを玲奈はとくと承知していた。また岩場から黒竜までの距離が射撃銃の有効射程ぎりぎりであることも知っていた。

だが、玲奈は目前で御用船が全滅させられるのを座視できなかった。

藤之助は黙って玲奈の行動を見ていた。

福江左吉郎らの五百石船への阿片の積み込みは最後の一袋になっていた。

老陳の船は攻撃準備を整えるとともに碇《いかり》を上げて出船の仕度に入っていた。

まず動いたのは薩摩船だ。老陳の鳥船の舷側を離れ、櫓を使って間を開けた。そして、轆轤《ろくろ》が回り、二十五反《たん》の松右衛門《まつえもん》帆が帆柱へとするすると上げられた。

帆が風を孕《はら》んだ。

むろんどこにも薩摩船を示す船印は掲げられてはいなかった。

長崎湾外へとゆっくり走り出した。

だが、福江左吉郎の五百石船は、未だ黒竜の左舷下に張り付いたままで最後の荷が下ろされようとしていた。

御用船の鉄砲が火を噴き、虚空に吊り下げられていた阿片の袋に銃弾が何発か当たって麻袋を破り、阿片の塊《かたまり》が五百石船に落下して荷船の人足を押し潰した。

悲鳴が上がり、老陳の配下が命を下した。

舳先の大砲と臼砲一門ずつが撃たれた。

玲奈が指先を唾《つば》で濡らし、風向きを読み取ろうとしていた。

殷々《いんいん》たる砲声が鼠島の遊泳場の沖合に轟《とどろ》き、砲弾が弧を描いて飛ぶと四隻の御用船の真ん中に落下して御用船を激しく揺らし、高く波飛沫《なみしぶき》を上げさせた。

御用船一行はいきなり砲撃を見舞われるとは想像もしなかったか、慌《あわ》てて後退しようとした。だが、波立つ海上ですぐに方向を転じ、遠のくことは不可能だった。

御用船は一気に混乱に陥った。それが藤之助らにも見てとることができた。

「次は照準が合いますばい」

太郎次が覚めた口調で洩らした。

藤之助は玲奈が伏射の構えで銃を構えているのを見た。

風がゆるやかに舞っていた。

唐船上では二番目の砲撃準備が終わり、命を待つまでになっていた。そんな緊迫した光景が赤々と点された洋灯《ランタン》の明かりに浮かび上がっていた。

玲奈が呼吸を止め、引金を静かに絞るように引いた。

銃声が鼠島の中腹に響き、一丁半の距離を飛んだ銃弾が洋灯の一つに見事に命中して打ち砕くと、油を甲板上に撒《ま》き散らし、炎を上げさせた。

思いもかけない方角からの反撃に今度は大型のジャンク黒竜船上が慌《あわただ》しさを増した。

あちらこちらで炎が上がり、甲板を這《は》っていた。

艫櫓から消火を命ずる声が発せられ、唐人水夫らが帆布や箒《ほうき》で炎を叩き消して回った。

そのせいで二撃目の砲撃が遅れた。

御用船はその間に必死で態勢を整え、距離をあけて後退した。

福江左吉郎ら一行も老陳の左舷から離れて夜の闇に紛れ、長崎に戻ろうとしていた。

「玲奈様、お手柄でございましたな。そろそろわしらも退散をば致しまっしょうかな」

太郎次の言葉に藤之助は玲奈から射撃銃を取り上げ、散弾銃と一緒に背負った。

藤之助は最後に海を見た。

薩摩船の姿はどこにも見えなかった。

ようやく老陳の唐船から距離をあけた長崎奉行所の御用船四隻は、放心の体《てい》で海上を漂っていた。

福江左吉郎一行は十九袋の阿片を積み込んだ五百石船を早船が囲んで、黒竜号の左舷を離れ、御用船の目を盗んで長崎湊に戻ろうとしていた。

「なんとしてもあの阿片、長崎会所が回収致しますぞ」

と太郎次が言い切った。

大型の唐船に網代《あじろ》帆が上げられ、鳥船の黒竜号がゆっくりと動き出していた。

そんな光景を見届けた三人は、岩場を這い上り、再び山道を伝って魚心が待つ鼠島北側の岩浜へと戻っていった。

先導役に立ったのは太郎次だ。

往路とは違う山道で岩浜におりたとき、夏の朝が直ぐそこに訪れようとしていた。

「うーむ」

藤之助は未明の闇の異変に気付いた。

「太郎次どの、待たれよ」

藤之助は江戸町惣町乙名を止めると背中の二挺の銃を下ろし、太郎次と玲奈に一挺ずつ預けた。身軽になった藤之助が先頭に立ち、魚心が待つ岩浜を見下ろす岩場へと急ぎ下った。

レイナ号と太郎次の持ち舟が見えた。

だが、捕囚にした八人の唐人を転がしていた小型のジャンク船と唐人らの姿が見えなかった。また魚心の姿も辺りから消えていた。

「縄が緩みましたかねえ」

魚心の身を案じた太郎次が呟いた。

藤之助は今少し二隻の船に近付き、二人に、

「この場で待ってくれぬか」

と願った。

玲奈が射撃銃を構えて頷いた。

太郎次も散弾銃の引金に指をかけ、その場にしゃがんだ。

藤之助は片手を懐に突っ込み、レイナ号へと近付いた。懐手は使い慣れた小鈗を摑んでいた。

気配もなく新しい日の到来を告げる最初の光が躍った。

だが、夜明けの薄闇を明るくするほどの光ではなかった。それでも岩浜の様子をかすかに浮かび上がらせた。

レイナ号の船中が見えた。

船底に一人の唐人が腰を下ろし、三人が飲み残していった仏蘭西の赤葡萄酒を飲んでいた。

「どなたかな」

藤之助が誰何《すいか》した。

唐人がゆっくりと顔を向けた。すると両の股の間に青竜刀《せいりゅうとう》が立てられているのが見えた。

「八人の仲間か」

さらに問い質《ただ》したが返事はなかった。

藤之助の無益な問いに気付いた太郎次と玲奈が二挺の銃を構えながら、近寄ってきて、太郎次が唐人の言葉で尋ねた。すると相手からようやく返答が戻ってきた。

その言葉を玲奈が通詞《つうじ》して藤之助に伝えた。

「廷一渕《ていいちえん》の次弟、廷竜尖《ていりゅうせん》だそうよ」

「ほう、豆州戸田浜《ずしゅうへだ》で雌雄を決した武人の弟が姿を見せたか。この座光寺藤之助になんぞ用かと訊《き》いてくれぬか」

藤之助の問いが理解できたように廷竜尖が叫んだ。

「兄の敵《かたき》を討つと言っているわ」

「この場で決着をつける気か」

と尋ねながら、藤之助の注意は四周に向けられていた。

灰色の闇と変わった一角の空気が動いた。

ふわり

と一人の影が藤之助の左手の岩の陰から浮かび上がった。

藤之助はその手に短銃が構えられているのを見た。

玲奈が射撃銃の銃口を向けようとした。

薄闇から現れた相手が一瞬早く短銃を突き出すように藤之助に向けた。

「あっ」

玲奈が悲鳴を上げた。

射撃銃は銃身が長く手軽に扱えなかった。それに至近距離では短銃が断然有利だった。

気配も見せず藤之助の懐から片手が突き出された、同時に手首が捻《ひね》られた。

玲奈が動いてみせた。

その動きに惑された相手が引金を引ぐのを一瞬躊躇《ためら》った。

小銃が夏の薄闇に飛んで短銃を構える唐人の男の額に突き立った。

ぎえぇいっ！

凄まじい絶叫が岩浜に響き渡り、体を虚空に浮かせた相手が岩場から波間へと転がり落ちた。

藤之助は目の端で廷竜尖の動きを牽制《けんせい》していた。

廷はゆっくりとレイナ号に立ち上がった。

六尺三寸は越えた偉丈夫だ。

片手は赤葡萄酒の入ったぎやまんを、もう一方の手は青竜刀を摑《つか》んでいた。

爛々《らんらん》と輝く両眼が藤之助を射竦《いすく》めた。

その眼光には憎しみと怒りがあった。

藤之助は廷へと体の向きを変えた。

岩浜のあちらこちらに銃を構え、青竜刀や矛《ほこ》で武装した黒蛇頭の一味が姿を見せた。

玲奈が射撃銃を、太郎次が散弾銃を構えて向き合った。

藤之助はただ廷竜尖の動きを見ていた。

藤之助を憤怒の形相で睨み付けていた廷が赤葡萄酒の入ったぎゃまんの器を足元に叩き付け、何事か唐人の言葉で叫んだ。すると黒蛇頭の一味が岩場の陰へと身を隠した。そして、最後に廷竜尖がレイナ号から藤之助が立つ場とは反対の岩場に飛び、低い声音で何事か言い残して姿を消した。

「藤之助、命をしばらく預けておくそうよ」

玲奈が通詞し、藤之助が頷いた。

太郎次が魚心の身を案じて辺りを捜そうとしたとき、濡《ぬ》れ鼠《ねずみ》の魚心が岩場に這い上がってきた。その手には藤之助が投げた小鉈があった。

第二章　姉弟の刺客

一

この朝、伝習所剣術道場に藤之助《とうのすけ》が稽古着《けいこぎ》で入ったとき、すでに稽古は始まっていた。

師範たる座光寺《ざこうじ》藤之助為清《ためすが》が不在の折は、師範代の勝麟太郎《かつりんたろう》、五代友厚《ごだいともあつ》、千人番所の佐賀藩から三谷権之兵衛《みたにごんのひょうえ》、市橋武右衛門《いちはしぶえもん》らが指導する態勢がなっていた。

「遅くなり申し訳ございません」

藤之助は見所《けんじょ》下で打合い稽古を見入る勝麟太郎に声をかけた。

「そろそろ姿を見せられてもよい刻限と思うておった」

勝麟太郎が応じると、

「奉行所の捕り方連がほうほうの体《てい》で大波止《おおはと》に逃げ戻ったでな」

と苦笑いした。藤之助は、

「怪我はございませんでしたか」

と訊《き》いた。

「どなたかが助けを入れられたせいで、大砲の餌食にならずに済んだそうな。まさか唐人どもが鼠島《ねずみじま》まで大鳥船を入れてくるとは奉行所も考えなかったようじゃ、迂闊《うかつ》といえば迂闊な話よ。大砲を備えた唐船に鉄砲隊だけの捕り方を差し向けたのだからな。上から下まですべて異国に嘗《な》められているということじゃ」

勝麟太郎は、昨夜《ゆうべ》から不在の藤之助が黒蛇頭《くろじゃとう》と長崎商人の阿片《あへん》密売の現場近くにいたと推量しているようだ。

だが、藤之助には疑いに満ちた言葉に答える術《すべ》はなかった。

「それはようございました」

藤之助はそう答えただけで手にしていた木刀を提げ、神棚に向かって一礼すると独り素振りを始めた。

徹夜の疲れも阿片密輸の現場を見た興奮もおらんを遠望した感慨も、木刀を無念無想で振ることによって忘れさろうと努めた。

藤之助の脳裏に故郷の伊那谷《いなだに》の光景が浮かんだ。

なぜか、烈風に雪が吹き荒《すさ》ぶ景色だった。

鈍色《にびいろ》の空から白いものが生まれ、斜めに天竜の流れへと叩《たた》きつけられるように落ちて飲まれ激流に溶けていく。

信濃《しなの》の諏訪湖《すわこ》から発する流れは岸辺に突兀《とっこつ》と姿を見せる巨岩巨壁にぶつかって四方八方へと飛び散り、雪を巻き込んだ飛沫《しぶき》は再び流れへと戻っていく。

雄渾な流れの向こうには伊那山嶺が立ち塞がり、さらにその背後に高さ一万余尺の白根《しらね》岳《だけ》が雪を被《かぶ》った姿を見せているはずだが悪天候に隠されて、気配だけしか感じられなかった。

藤之助は長い時が生み出した自然に己《おのれ》を対峙《たいじ》させると大きく木刀を構え、振り下ろした。体が動き始めれば無念無想、ひたすら没入する。

四半刻《しはんとき》も素振りを繰り返したか、藤之助は稽古を求めるために立つ人影を認めた。

薩摩から長崎伝習所に入所するために派遣されてきた東郷加太義《とうごうかたよし》だ。朴訥《ぼくとつ》な青年武士は薩摩お家流の示現流《じげんりゅう》の流祖東郷重位《しげかた》の一族であった。

素振りを止めると、首筋から肩にどろりとした汗が流れ、徹夜した名残を感じさせた。

「座光寺先生、ご指導の程お願い申す」

「長崎に慣れられた様子ですね」

「先生ほどにはいき申さん。長崎ちゅうところ、おいどんには掴《つか》み所がごわっせん。鰻《うなぎ》でも相手しちょるようでぬらりくらりと正体が掴みもはん」

と吐《は》き捨てるように言った。

「国表とは違いますか」

「鹿児島《かごんま》とは黒と白、天と地ほどの違いがごわす」

藤之助は純朴な加太義の答えに、藩旗も揚げず船標も付けずに隠密裡《おんみつり》に老陳《ろうちん》の密輸船に横付けした昨夜の薩摩船を思い出した。

長崎とは違った意味で薩摩もまた激動の時代を生き抜こうとしていた。ために加太義のような青年もいれば、幕府に知れぬように西洋式の国防に勤《いそ》しむ藩重臣たちもいた。

藤之助は長崎に来て、徳川幕府の屋台骨がぐらぐらと揺れ動いて、崩壊の危機が迫っていることを実感させられた。風前の灯の幕府をさらにぐらつかせる圧力は列強各国の砲艦外交であり、薩摩ら西国大名を始めとする雄藩の独自の行動だ。

だが、藤之助の前に立つ加太義の想念には、

「剣」

しかない。

それは一年足らず前の藤之助の姿でもあった。

藤之助と加太義は長崎伝習所剣術道場流の打込みを始めた。ここでは流派を、各藩の流儀を超越した稽古が自然に生み出され、長所が生かされていた。

伝習所剣術道場の初代師範の座光寺藤之助が若いせいもあるだろう。

安政《あんせい》の御世《みよ》、長崎に集《つど》うことになった青年らの背には幕府の、各藩の思惑が伸《の》し掛かっていた。だが、勝麟太郎を始めとする俊英らは負わされた思惑を捨て、ただ、科学軍事技術、経済活動の進んだ、

「欧米」

という巨人に立ち向かうために個々の思惑は忘れるべしと直感的に悟っていた。

それは阿蘭陀《オランダ》人の教官が異国の言葉で指導する教場でも、そして、剣術道場でも自然の内に決められた流れだった。

東郷加太義も長崎に姿を見せた当初、

「薩摩」

を背に負っていた。だが、その意気込みも藤之助の信濃一傳流《いちでんりゅう》の技に霧散させら

れ、必死で長崎という物差しを身につけようとして苦悩していた。

そんな加太義に対して藤之助は好きなように攻めさせた。さすがに東郷示現流の猛稽古で培《つちか》われた足腰と体力だ。一瞬の遅滞もなく攻めに攻め、動きに動き続けた。

だが、加太義がふと気付くと攻める側の己《おのれ》の息が上がり、受けに廻《まわ》っているはずの藤之助は平然としているのだった。

(なんちゅうこつか)

阿吽《あうん》の呼吸で二人の木刀が引かれた。

「座光寺先生、有り難うごわんした」

加太義が道場の壁際にぺたりと腰を落とし、

「年はおいどんとおっつかっつでごわんそう。東郷加太義、情けなか」

と嘆くと隣で防具を外していた酒井栄五郎《さかいえいごろう》が、

「東郷どん、あやつは化け物でごわす、致し方ごわはん」

と薩摩弁を真似《まね》て言いかけた。

「座光寺先生は化け物でごわんか」

「おおっ、どこぞで徹夜した様子じゃが、見られよ、あのとおり平然としておるわ。伊那の山猿は別格よ。嘆きたもうな」

「江戸の直参《じきさん》旗本どんでごわんそ」

「いや、江戸者ではない。座光寺藤之助という人物、江戸の右も左も知らぬ山猿じゃが、あやつの体にはスンビン号の羅針盤が組み込まれておるわ。それも緻密で正確な羅針盤がな。それが暗闇であろうと嵐の中であろうとどこに向かうか、教えてくれるのだ。常人では太刀打ちできぬって」

「羅針盤でごわすか」

加太義が首を捻《ひね》り、次の稽古相手を指導する藤之助を見た。

朝稽古が終わったあと、伝習所の第一期生や入所候補生たちは早々に食堂《じきどう》に向かった。教場では朝から夕べまで外洋船の航海操作、砲術操作などびっしりと授業が行われる。それも栄五郎がいう、

「南蛮鴃舌《げきぜつ》」

の阿蘭陀語での授業だ。

一分一秒が貴重な勝麟太郎らだ。

藤之助は急に静かになった剣術道場から井戸端に向かい、釣瓶《つるべ》で水を汲《く》み、肌脱ぎになって汗を流した。

何杯も水を替え、丁寧《ていねい》に汗を拭い取るとさっぱりとした気分になった。

その視線に夏羽織を着た二人の人物が目に入った。

一人は長崎目付《めつけ》光村作太郎《こうむらさくたろう》、もう一人の人物には見覚えがなかった。

「光村どの、お早うござる」

「座光寺先生には相変わらず身辺ご多忙の様子ですな」

光村が笑みを浮かべた顔で言った。

「長崎に参り、およそ半年、勉強することばかり多く一つとして完全に会得することは叶《かな》いませぬ。ただただなんとなくばたばたと足掻《あが》いて日を過ごしております」

「謙遜にございますな」

「謙遜どころか正直な気持ちです、目付どの」

「座光寺先生、昨夜は宿舎を不在になされた様子ですな」

「夕稽古は欠席にさせてもらいました。そのことは伝習所総監永井《ながい》様にお届けしてございます」

「いかさま、届けは出ております。どこに参られましたな」

「お調べですか」

「来崎《らいき》半年足らずに長崎に大薬缶《おおやかん》でもひっくり返すような大騒ぎを次々と引き起こされ

る座光寺先生にそれがしの調べなど通用致しませぬ」

「ほう」

と曖昧《あいまい》な答えしか返さぬ光村に笑いで応じた藤之助は、肌脱ぎの肩を入れた。

その視線に剣道場の庭の一角に移植された白萩が目に染みて映った。しばし萩の花に目を留めていた藤之助は光村の連れを注視した。

物静かに立つ人物から江戸の匂いが漂ってきた。

光村は藤之助に紹介しようとはせず、藤之助も何者か聞こうとはしなかった。

「昨夜は野暮用にございましてな」

「丸山には姿を見せておられぬ」

「おや、調べが済んでおるようだ」

「長崎町年寄高島了悦《まちどしよりたかしまりようえつ》様の孫娘玲奈《れいな》様とご一緒ですか」

「光村どの、相手はうら若き娘、夜通し一緒に過ごすなどできるわけもない。またいくら伊那の山猿とは申せ、長崎町年寄がいかなる力の持ち主か、察しがつかぬわけではない」

と答えた藤之助は、

「奉行所でなんぞ騒ぎがございましたか」

と反問した。

「抜け荷取引の情報を得ましてな、奉行所探索方と長崎目付が御用船四隻で湾口鼠島《ねずみじま》まで押し出しました」

「ほう、そのようなことがございましたので」

藤之助の答えに表情も変えず、

「黒蛇頭の老陳がなんと大鳥船をわれらが支配する目と鼻の先まで入れてきましたそうな」

と光村が答えながら、藤之助の反応を顔に探った。

「捕り方の首尾はいかがでしたか」

「おや、先生はとつくにご存じかと思うておりましたがな」

「それがしがですか。野暮用で一夜を過ごしたと申しました」

光村はしばし口を閉ざして間《ま》を空け、言った。

「ならば申し上げます。奉行所の捕り方は老陳側の大砲の攻撃に驚いて危うく御用船ごと海の藻屑《もくず》と変じるところでした。ただ驚かされて、捕り物どころではなかったのです。たれぞの助けが入らなければ御用船は間違いなく破壊され、大勢の死人怪我人が出たことでしょうよ」

「助けに入られた方があったとは、なんとも幸運にございましたな」

「座光寺先生、それがしは先生が関わっておられると睨《にら》んでおりますがな」

「光村どの、妄想も甚《はなは》だしい。それがし、伝習所剣術道場の一師範に過ぎませぬ」

「ささてその応対ぶりが怪しいかな」

「ともあれ、奉行所になんの被害もなくてよかった」

「われらは昨夜の取引で大量な阿片が長崎に入り込んだとみております」

「阿片を誤って吸飲したと見られる遊女の死人が何人も出ておるそうな」

「ほれほれ、そのように座光寺先生は長崎の知られざる暗部を承知しておられる」

「人の口には戸は立てられませぬ」

頷《うなず》いた光村がふいに話題を転じた。

「座光寺先生、小人目付《こびとめつけ》宮内桐蔵《くないとうぞう》どのの行方不明事件をご存じですな」

「おや、宮内どのは江戸に戻られたのではないのですか」

光村の目が光った。

「どうしてそう思われますな」

「江戸と長崎を繁《しげ》く往来される小人目付どのは神出鬼没な御仁《ごじん》と聞いております。江戸に火急な用事が生じ、俄《にわ》かに戻られたのではございませぬか」

「いえ、江戸に戻ってはおられぬ。生きておれ死んでおれこの長崎に関わった結果、行方を絶った」

「ほう」

「宮内どのの得意はなにかご存じか」

「噂によれば隠れきりしたん狩りの名手とか」

「それがし、宮内どのが隠れきりしたんの摘発の最中に行方を絶った証拠を握っております」

光村が藤之助を凝視した。

「ならばその線を追われることだ。探索の鉄則でござろう」

「先生もそう思われますか」

「それがしは一介の剣術家、思い付きにございますよ」

うんうん、と頷いた光村が、

「座光寺先生のお墨付きを得たとは心強い。しかと探索に邁進《まいしん》致す所存」

「そうなされよ」

「ご多忙の折、時間を取らせましたな」

とにこやかに答えた光村作太郎が会釈をすると踵《きびす》を返そうとした。

「光村どの、ご同道の御仁を紹介なさらぬのか」

「おお、これはしたり。迂闊にも失念するところでございました」

と頭を掻いた光村が、

「長崎奉行所隠れきりしたん探索方飯干十八郎《いいぼしとおはちろう》様でな、この半年、長崎在勤目付岡部《おかべ》駿河守長常《するがのかみながつね》様に従っておられ、つい数日前岡部様と陸路にて江戸から長崎に戻って参られたのです」

長崎奉行所支配下ながら独自の機構を組織して長崎の治安を守る長崎目付役所の長は、旗本千三百石の岡部駿河守長常が任命されていた。だが、この半年ほど長崎を不在にして藤之助も会ったことはない。

「座光寺先生へ顔つなぎをと考えお連れしながら、ついうっかりとしておりました」

藤之助は飯干に会釈した。

年の頃合は三十五、六か。身の丈五尺七寸ほどでがっちりとした体付きだ。顔は一見茫洋《ぼうよう》として摑《つか》みどころがない。目鼻立ちは整い、眼窩《がんか》がわずかに窪《くぼ》んでいた。眉毛が濃く生え、その中から一本だけぴーんと伸びていた。

「座光寺藤之助にござる。以後、お見知りおきのほどを願います」

「交代寄合伊那衆座光寺家の当主は高家肝煎《こうけきもいり》の品川《しながわ》家から入られた左京為清《さきょうためすが》様と心得

ておる」

飯干はぼそりと呟《つぶや》くように言った。

「他人と申されるか」

「いかにも」

「となるとそれがしはどうなりますか」

藤之助がにこやかに飯干に聞いた。

「座光寺家の拝領地は伊那の山吹領」

「千四百十三石の痩《や》せ地にござる」

「その領地に本宮《ほんぐう》藤之助と申す下士が先の大地震の際に江戸に出たのは確か」

光村作太郎が思い掛けない展開に目を丸くして、二人の表情を交互に見ていた。

「飯干どの、江戸滞在の折、どのような経緯《いきさつ》でそれがしの身辺を探られたか知らぬ。じゃが、一つだけそなたに申し聞かせておこう」

「なんですかな、藤之助どの」

飯干は座光寺とも本宮とも呼ばなかった。

「安政二年霜月朔日《しもつきさくじつ》、交代寄合座光寺家の当主藤之助為清は将軍家定《いえさだ》様とお目見《めみえ》を果たしてござる。その藤之助為清とは紛《まぎ》れもなくそれがしのことにござった」

飯干が返答に窮《きゅう》した。

「長崎奉行所支配下の隠れきりしたん探索方がなんの故《ゆえ》を持ってか存ぜぬが、座光寺家の当主の身元に疑念を抱かれた。飯干どの、ならば家定様にお伺いするがよかろう」

藤之助の語調は自信に満ちて凛《りん》としていた。

長崎目付役所の一役人が十三代将軍家定に質問するなどもっての外《ほか》のことだ。

飯干は答えない。藤之助の返答を吟味してのことだ。

光村の目玉が慌《あわただ》しく動いた。

「上様への直《じか》の問い合わせが無理とあらば、それがしの長崎逗留《とうりゅう》を指示なされた老中首座堀田正睦《ほったまさよし》様に確かめられよ」

飯干は無言のまま顔を歪《ゆが》めた。

「飯干どの、ご返答はどうなされた」

ふいに表情が崩れ、

「座光寺藤之助様、愚かにも生半可《なまはんか》な話を振り回し申した。それがしの浅慮をお許し下され」

と飯干の語調が明らかに柔らかく変わっていた。

「お分かり頂ければ座光寺藤之助為清、なんの不服もござらぬ。またいささか安堵《あんど》も致した。本分に邁進なされよ」

「座光寺様、これにて失礼致します」

光村作太郎が軽く頭を下げ、

「参ろうか、飯干様」

と誘うと井戸端から去っていった。

藤之助は風に揺れる小さな萩を見ていた。

二

朝餉《あさげ》の後、藤之助は仮眠を取った。

伝習所の宿舎は佐賀藩の葉隠衆《はがくれしゆう》死に狂いの利賀崎衆《りがさきしゆう》の、

「打ち返し」

を受けて滅茶苦茶《めちやくちや》に破壊されていた。だが、十三人の刺客《しかく》を藤之助一人が迎え撃ち、悉《ことごと》く斃《たお》していた。

その折の戦いで破壊された宿舎は藤之助が戦いで受けた怪我を癒《いや》す間に綺麗に修繕

がなっていた。さらに伝習所を囲む塀などが強化されて、自由に入り込み、抜け出すことが難しくなっていた。

藤之助は一刻《いっとき》半ほど熟睡した。目を覚ましたとき、徹夜のつかれは消えていた。開け放たれた障子の向こうの庭で潮風が青紅葉《もみじ》を揺らし、濃い影を地面に映して揺らしていた。その下で庭師が植えたか、鶏頭《けいとう》が真っ赤な花を咲かせているのが目に留まった。

目覚めたばかりの藤之助を釘付けにするほどの赤だ。南国長崎の強い日差しで妖艶な赤がさらに鮮烈だった。

庭に人の気配がした。

畳の上に藤之助は起き上がった。

診療所の見習い医師、佐々木《ささき》亀吉《かめきち》が障子の陰からおずおずと顔を覗《のぞ》かせた。

「亀吉どの、過日は世話になったな」

藤之助の言葉に亀吉がほっとした表情を見せ、

「道場に参ったらだれもおられませぬ。勝手とは思いましたが宿舎に回ってきました。眠りを覚まし、申し訳ございません」

と若い声で詫《わ》びた。

「造作をかけた。昨夜、徹夜を致したで朝稽古の後、惰眠を貪《むさぼ》っておった」

藤之助は起き上がると身支度を整えながら、

「なんぞ御用か、亀吉どの」

「三好《みよし》先生から時に怪我の経過を診《み》せに参られよとの伝言です」

「すまぬ。我儘《わがまま》な怪我人でな、治ったとあらば診療所に顔も出さん」

藤之助は脇差《わきざし》を腰帯に戻すと藤源次《とうげんじ》助真《すけざね》を手に気軽に縁側から庭へと下りた。スミス・アンド・ウエッソン社製の三十二口径輪胴式五連発リボルバーは体に馴染《なじ》ませるために寝る間も身に付けていた。

「座光寺先生、もはや怪我の後遺症はございませんので」

「太股《ふともも》にわずかに引《ひ》き攣《つ》れる感じが残っておる。肩口の傷は皆さんの手当てがよいでいささかの違和も覚えぬ」

「診療所で評判ですよ。座光寺先生は化け物ですって」

「伊那谷で暮らしておるとき、山歩きをようやったものだ。猪、熊に出遭《でお》うて、小鉈《こなた》一つで取っ組み合いをしたこともある。その折に受けた噛《か》み傷は山野に自生する薬草をすり込んで血止めして終わりだ。体が怪我に慣れておるのであろう」

「やはり常人ではありませんね」

昼下がりの伝習所内の診療所は静かだった。

阿蘭陀医学を修得した外科医三好彦馬《ひこま》は革張りの医学書を読んでいたが、

「おお、参られたか」

「三好先生、申し訳ござらぬ。世話をかけるときだけ世話になり、その後、勝手放題致しております」

「怪我人が医師の下に参らぬは傷が治った証拠だ」

彦馬は亀吉に何事かを命じ、

「どうれ、太股を診せてみなされ」

と言った。

藤之助は黙って袴《はかま》の裾《すそ》を上げて太股の傷を見せた。矢を受けて貫通した二つの傷跡はてらてらと光っていたが、見事に塞がっていた。

三好医師は射入口と射出口を手で確かめるように触り、辺りの皮膚と比較していたが、

「これなれば差し障《さわ》りがなかろう、完治したも同然だな」

と呟いた。

「肩口は大した傷ではござらぬ」

「まあ、折角《せっかく》参られたのだ、診せなされ」

診療所には彦馬医師と藤之助の二人だけだ。

藤之助は小袖《こそで》の肩を抜いた。すると当然のようにリボルバーを脇の下に装着した革《ホル》鞘《ダー》の帯が肩にかかって見えた。

「やはり物騒なものを吊るしておられるな」

三好彦馬は藤之助が利賀崎衆を相手に孤軍奮闘した戦いの直後に現場に駆け付けた一人だ。

藤之助がリボルバーを撃った光景は目撃せずとも銃声を聞き、利賀崎衆の数人が銃弾に斃《たお》された傷も診ていた。当然藤之助が最新式の連発短銃を隠し持っていると推測した三好医師だが、長崎目付の光村作太郎の問いには、

「私は結構早く現場にはせ参じたものだが、銃声を聞いた覚えはない」

としらを切り通し、藤之助を庇《かば》ってくれた。

肩口の傷をざっと診た三好は、

「もはや怪我は治った。こう早く完治しては治療代も請求できまい、医師泣かせの御仁かな」

とお墨付きを与えた。

藤之助は肩脱ぎの衣服を元に戻した。するとそこへ亀吉が香りのよい飲み物を運んできた。

「英吉利国が天竺国で作らせておるダージリン・ティーと申すものだ。日本茶を揉《も》みしだいて練り込み、発酵乾燥させて、さらに香りを強めたものと思えばよい」

三好医師は初めて紅茶を飲むと思ったか、藤之助のカップに砂糖を入れてくれた。

「頂戴致す」

藤之助は白磁のカップを片手で摑むと紅茶を喫した。

「どうやら初めての紅茶経験ではなさそうだな。そうか、そなたには玲奈《れいな》様が付いておられたな」

と藤之助が紅茶を飲んだ相手を言い当てた。

紅茶が一般に普及するのはさらに二十年余の歳月を要する。

昼下がり、二人は異国の香りの漂うダージリン・ティーをゆっくりと楽しんだ。

三好が不意に、

「昨夜、老陳め、大胆不敵にも長崎湊口まで鳥船を乗り入れたそうな」

と話題を変え、藤之助は頷いた。

「大砲を何十門も装備した大鳥船に旧式の鉄砲隊では勝負になるまい」

「怪我人がございましたか」

藤之助は三好彦馬医師の情報源を聞いてみた。

「大砲玉を撃ちかけられ、沈没こそしなかったが、大きく傾いた御用船で互いに体をぶつけ合い、鉄砲の台尻が当たって顔などに怪我を負った者が数人出てな、診療所に連れてこられた」

と三好があっさりと答えた。

「座光寺先生、老陳め、阿片《あへん》を長崎に持ち込もうとしたようだが、どれほど流入したかお分かりか」

藤之助が阿片取引の現場を目撃していたことを前提に訊《き》いた。

三好彦馬は阿片中毒者が出れば、その対策に当たる当事者だ。また、遊女たちが阿片を喫煙して自ら命を絶つ事件が頻発する最中でもあった。

藤之助は正直に答えた。

「百斤入りが十九袋」

三好が予想を超えた量にか、呆然と藤之助を見た。

「なんと三百余貫もの阿片が長崎に運び込まれましたか。当然、会所はそのことを承知じゃな」

藤之助は小さく頷いた。

「会所ではなんとしても長崎に出回り、他国へ流出することを阻止したい考えと伺っております」

「是非《ぜひ》願いたいものよ」

「三好先生、遊女が阿片を喫煙して自ら命を絶つ騒ぎが繰り返されているそうな」

「それよ。唐人の真似《まね》をして一時の快楽に身を任せようとしてのことであろうが、錯乱したり陶酔してどぶに嵌《は》まり、海に自ら飛び込んだりして五人の遊女があたら命をなくしておる。この阿片、唐人屋敷から流れたものと推測される。おそらく阿片には混じりものがあって、初めて経験する女たちに意識を失わせる幻覚作用があるものと思える」

三好は亡くなった遊女の検視をした様子が見えた。

「新たに老陳の阿片が加わると長崎は大変なことに陥る。座光寺先生が多忙の身とは承知しておる。だが、この三好彦馬からも願う。なんとしても大量の阿片が町に流れ出ることだけは止めて頂きたい」

藤之助は小さく頷いた。

藤之助は数日伝習所の剣術道場に籠《こも》り、剣術指南と自らの稽古に明け暮れた。その間、諏訪神社の境内から相撲興行の歓声が風にのって響いてきたが、藤之助は外に出ようとはしなかった。

この日、伝習所の門を出た藤之助は江戸町《えどまち》の椚田太郎次《くぬぎだたろうじ》の家を訪れようかどうか、迷った末にその考えを捨てた。訪問するにはちと刻限が早いと思ったからだ。

藤之助が訪れたのは、

「不老仙菓長崎根本製　福砂屋《ふくさや》」

の看板が掛かった南蛮菓子舗の福砂屋だった。

「おや、このような刻限に珍しゅうございますな」

と迎えたのは番頭の早右衛門《そうえもん》だ。

「五三焼きのカステイラの病み付きになった」

「それは有り難いことにございます」

店の裏手の、中庭に面した座敷に通された。

先日、この座敷を訪れたとき、遠慮げに咲く夏菊の鉢植えが目に入った。いまや菊の季節を迎え、黄色の小菊、白の中菊、大輪咲きの厚物が所狭しと飾られ、藤之助の目を射竦《いすく》めるほどに圧巻の光景を呈していた。

藤之助は呆然と見ていた。すると廊下に乱れた足音がして、それがぴたりと静まった。

　藤之助が振り向くと、急におっとりとした態度に変えた三人娘が盆の上に茶やカステイラを載せて運んでこようとしていた。

　先頭には一番年下のあやめが両手に盆を抱えて立っていた。

「お邪魔しておる」

　福砂屋にはみずき、かえで、あやめという十六歳から十四歳の年子の器量よしがいて、長崎でも評判の小町三人姉妹とか。

　藤之助はこの三人の中で一番下のあやめとは対面していた。だが、姉様二人とはまだ顔を合わせていなかった。

　本日は三人娘が揃《そろ》って藤之助の接待に姿を見せたのだ。

「あやめさん、姉様方とお揃いで伊那の山猿見物に参られたか」

　座敷に座した藤之助が笑いかけた。

　あやめはにこにこと笑みを浮かべていたが、初対面のみずきとかえでは緊張の顔を伏せたままだ。

「座光寺様は伊那の山猿なんかではございません。江戸でお生まれになったお武家様より洒脱《しゃだつ》でございます」

「あやめさんに褒《ほ》められたお返しを致そう」

「お返しとはなんでございますか」

「俗にな、何《いず》れ菖蒲《あやめ》か杜若《かきつばた》と、美しいものを讃《たた》える言葉がござるが、こちらの三人姉妹もまた甲乙付けがたき美形揃いにございます。藤之助、眩《まぶ》しくて目があけておられませぬ」

二人の姉が顔を上げて、藤之助を見た。

「みずき姉様、どうですか。座光寺様のご感想は」

「あやめ、不躾《ぶしつけ》です」

「あら、姉様、私にあれもお聞きしろこれもお聞きしろと唆《そその》したのはどこのどなたでございましたな」

「それは内輪の話です」

三人娘がわいわいがやがやと喋《しゃべ》り合い、ふと藤之助に気付いて黙り込んだ。だが、口を噤《つぐ》むことは長くは叶《かな》わなかった。

「座光寺様、お聞きしてよろしいですか」

真ん中のかえでが真剣な表情で藤之助に聞いた。

「なんなりと」

息を大きく吐いたかえでが、

「座光寺様は高島玲奈様と仲がよろしいとお聞きしましたがほんとうですか」

「玲奈どのはなにも知らない藤之助に長崎の諸々を教えてくれる先生のようなお方です」

「あら、それだけ」

意気込んだみずきが念を押した。

「私たち、座光寺様が玲奈様の虜《とりこ》になってめろめろと聞きましたよ」

「かえでさん、だれがそのようなことを告げ口なされたな」

藤之助は笑みを浮かべた顔で聞き、茶碗を持ち上げた。

「だれって、うちに出入りの商人とか職人衆がみんな噂してましてよ」

あやめが二人の姉と口を揃えた。

「みずきさん、そなたは玲奈どのに会ったことがあろうな」

「馬を乗り付けてカステイラを買っていかれますもの、よく承知です」

「どうかな、玲奈どのの印象は」

「それはもう娘の私たちが惚れ惚れするほどの美形ぶりで前に出ると口も利《き》けませぬ」

「女のそなた方がそうなれば男はどうなると思うな」

「あら、ずるい」

とあやめが口を尖《とが》らせた。

「ずるいとはどういうことかな、あやめさん」

藤之助は茶を喫した。

紅茶の香りに新茶が混じった。

「だって姉様への返答のようで返答でないわ。男衆が玲奈様をどう思うかではないわ、座光寺藤之助様がどう思うかを姉様はお聞きになられたの」

藤之助は五三焼きのカステイラを取り上げ、食した。

「みずきさん、かえでさん、あやめさん、玲奈どのはそれがしにとって格別な存在でな、長崎をこの藤之助に最初に教えてくれた女性《にょしょう》です。彼女の存在のすべて、行動のすべてが未だ藤之助には見当もつきませぬ、神秘そのものです。いつも驚かされてばかりでござる」

「分かるわ」

と一番下のあやめが賛成した。

「あやめ、直ぐに藤之助様の口車に乗せられて」

かえでが妹に抗議した。

「だってそう思わない。奉行所も会所も町衆も阿蘭陀人も唐人だって玲奈様にきりきり舞いよ」

「それは思うけど」

先ほどから沈思していたみずきが、

「その玲奈様を躍らせることができるただ一人の相手が座光寺藤之助様らしいとさっきから申し上げているのよ」

と話を元に戻した。

「よし」

と藤之助がいった。

「よしって、なにがよしなのですか」

「あやめさん、近い内に玲奈どのをこの家にお誘いしよう。当人に直《じか》に確かめなされ。座光寺藤之助が長崎に関する玲奈どのの忠実な門弟であることが分かろう、あまり優秀な弟子とは申せんがな」

藤之助が笑い、カステイラを食した。

「なんだか、座光寺様からはぐらかされたような気がする」

三人姉妹は、江戸の話をするように藤之助にねだった。

藤之助が福砂屋を出たとき、すでに長崎の町に夕闇が訪れようとしていた。長いことみずきらを相手に四方山話《よもやまばなし》をしていて時が過ぎるのをいつしか忘れていた。

藤之助はふらりと足の向くまま丸山町へと向かった。

まだ太郎次の家を訪ねるには早いと考えたからだ。

町に明かりが点《とも》り、それが中島川の水面に映じていた。この川は、正式には大川であり、中島川は上流の一部を指すものだ。だが、ここでは慣らしに従い、中島川と呼ぶ。

どこからともなく三味線の調べが響いてきた。

女の歌声が三味線に乗って聞こえた。遊里からでもなく茶屋でもなく、芸者が独り家で稽古をしている声か。

「中の茶屋　夕げーしき　いつもうれしき四畳半　一ちょうーし

あざやかな初鰹《はつがつお》　すましに綺麗の猪口《ちょこ》に浮かれ酒……」

すとん

と闇が訪れた。

前方の路地が揺らいだ。

細い影が飛び出して刃が鈍く光った。

藤之助は相手が侍姿であることを確かめていた。長崎者か他国者か判別までは付けられなかった。

左肩に担ぐように刀を負った相手を引き付けた。引き付けるだけ引き付けて、藤之助は藤源次助真を抜いた。

相手の剣が藤之助の肩口に鋭い刃風で落ちてきて、刃渡り二尺六寸五分の助真が弾いた。

がつん！

と鈍い音がして相手の刃が流れた。

藤之助は体を開いて相手を通り過ぎさせた。

反転した。だが、二の手は控えた。

間合いを空けて立ち止まった相手は、藤之助がすでに迎撃の構えに入っていることを知ると、踵《きびす》を返して疾風《はやて》のように闇に溶け込んで消えた。

夜気に伽羅《きゃら》の匂いが漂っていた。

（女剣客か）

「晴れを待つ間のおぼろ月　雨はしょぼしょぼ　降り　かかる
のめるはずではないかいな　ちょいや　なんこや　狐拳……」
藤之助の耳に再び歌が戻って聞こえてきた。

三

「おや、入れ違いでしたか」

と待ち受けていた椚田《くぬぎだ》太郎次《たろうじ》が言った。

「使いを出したところなんで」

「それは相すまぬことであった。福砂屋に立ち寄り、思わぬ時を過ごしてしまった」

「ほう、福砂屋にな」

「三人の小町娘とあれこれ四方山話をしておったのです。伊那谷で無心の時を過ごした頃を思い出しました」

「みずき様、かえで様、あやめ様は純真無垢な娘御ですもんな」

と笑った太郎次が、

「さて参りまっしょ」

と今晩も前の船着場に藤之助を誘った。するといつものように口と耳の不自由な船頭魚心《ぎょしん》がすでに出舟の仕度をして待ちうけていた。

藤之助は、

「今宵も世話になる」

と挨拶《あいさつ》すると魚心が頷き、舫《もや》い綱《づな》を解《ほど》いた。

「相撲興行は無事に打ち上げましたか」

「へえっ、いつもは十日興行がたったの三日興行ということもございましてな、諏訪大社は連日の満員御礼でございました。十代横綱の雲竜《うんりゅう》久吉《きゅうきち》が筑前《ちくぜん》福岡の出ということもございまっしょ。各町内の乙名《おとな》らが競い合って化粧回しをこさえて贈りましてな、その数八十筋を越えました。それに応えて雲竜関も自慢の土俵入りは化粧回しをとっかえひっかえ披露しました。わっしもこれほどの盛況は見たことがございまっせん」

「さすがに長崎の町衆、贅沢《ぜいたく》なものでござるな」

「そうとばかりも言い切れまっせん。長崎がこれからどうなるか、江戸相撲を迎えての興行もこれが最後の見納めかという不安な気持ちが働いてのこってすたい」

と太郎次が苦笑いした。

亜米利加《アメリカ》を始め、列強の開国通商要求で、鎖国下で唯一つの交易湊《みなと》の特権を得ていた長崎は、その独占的な地位を失おうとしていた。

その不安がつい派手な化粧回しの贈り合いになったと太郎次はいうのだ。

魚心が漕ぐ小舟は唐人屋敷の船着場に着けられた。

この夜、太郎次が藤之助を能勢《のせ》隈之助《くまのすけ》に引き合わせることになっていた。

出島に近い江戸町惣町乙名《そうまちおとな》の屋敷に目付光村作太郎らが目を付けたこともあって、匿《かくま》われていた隈之助の身柄を別の場所に太郎次は移していた。

藤之助はそのことを聞かされていなかったが、太郎次は唐人屋敷に匿ったか。

太郎次が手話で何事か、魚心に命じると二人を降ろした小舟は船着場を離れた。

唐人の船着場には唐人和人が混じって煙管《キセル》を吹かしたり、唐人屋台で酒を飲んだりして涼をとっていた。

安政三年の夏から秋にかけて長崎には例年にない酷暑が居座っていた。

じっとりと湿気を含んだ暑さが夜になっても漂っていた。

伊那谷では考えもつかないことだった。

唐人屋敷表門が一角に設けられた船着場のあちこちには卓と椅子が置かれ、唐人や和人の船頭が香の強い甕割《かめわ》りの酒を楽しんでいた。

太郎次は船着場の光景を見渡し、

「座光寺先生、唐人屋台の風情を楽しんでつかあさい」

というと一軒の酒家に連れ込んだ。

「江戸町惣町乙名、ようういらっしゃいました」

と見事な日本語で応じた唐人服の主《あるじ》が、

「座敷に通りなっせ」

と大声で奥に誘った。

「世話になる」

太郎次と藤之助は込み合う店の間を進み、火が舞う調理場を抜けた。すると裏口から真っ暗な路地に出た。

無言の裡《うち》に主が顎《あご》で路地の奥を示した。

太郎次は心得顔に路地を進む。

「唐人の船着場には、奉行所の探索方も目付役所の下っ引きも紛れ込んで目を光らせておりますでな」

太郎次が藤之助に説明し、路地を右に折れ左に曲がり、さらに別の唐人酒家の台所を抜けて突き進んだ。細く暗い路地をどれほど歩いたか、藤之助は見覚えのある広場に出た。

そこはいつぞや唐人屋敷の筆頭差配黄武尊《こうぶそん》大人と会った場所だった。船着場の唐人よりも明らかに身分が上の唐人が悠然と酒を飲んでいるばかりで、藤之助が知る顔はなかった。

むろん長崎奉行所が定めた唐人屋敷の外だ。だが、開国開港の風潮に唐人屋敷の塀の内外の区別が曖昧《あいまい》になりつつあった。

それでも『長崎覚書』が定めた敷地の外であることに間違いはなかった。

太郎次は石造りの門の酒家に藤之助を誘った。するとここでも絹地の唐人服を着た主らしき人物が太郎次を無言で迎え、奥へと案内に立った。

この酒家は藤之助が抜けてきた船着場の唐人酒場や屋台店とは異なり、床に石が張られ、壁も漆喰《しっくい》塗りでなかなかの造作《ぞうさく》の店だった。

調理場の奥に誘い込まれた二人は緞子《どんす》のような布を捲《めく》って暗がりに誘われた。

案内役の主がなにか太郎次に言いかけ、太郎次が、

「座光寺様、足元に気をつけて下せえ」

と注意した。

明かりがうっすらと点《とも》る狭い部屋の壁には甕酒が積んであった。

主が甕の一つに手をかけると三段に積まれた甕が動いて、別の空間が現れ、そこに偉丈夫の唐人が両手を袖に突っ込んで待ち受けていた。

案内人が酒家の主から両腕に手を突っ込んだ偉丈夫に替わった。

「石段を下りますで注意ばしてつかあさい」

太郎次が藤之助に注意を与え、再び唐人世界への迷路を突き進むことになった。じめじめとした地下道、乾いた石壁の蔵道と暗闇の道を突き進むことどれほどか、木の階段を上がると潮風が藤之助の鼻を擽《くすぐ》った。

先に暗がりの迷路を抜けた太郎次が息を吸った。

藤之助も真似《まね》ながら、辺りを見回した。

小さな庭は明らかに異界を示していた。両袖に手を突っ込んだ偉丈夫が案内した場所は、和人が立ち入ることを禁じられた唐人屋敷の内部であった。

(太郎次は能勢隈之助を唐人屋敷に預けたか)

藤之助はそう思ったが口にすることはなかった。

「観音堂の裏庭にございますよ」

とだけ太郎次が言った。

どこからか笛の音が響いてきた。その調べは藤之助が聞いたこともない、嫋《じょう》々《じょう》とした異国の調べだった。

裏庭から表に廻《まわ》った。

御堂も石壁も唐人の世界を示していた。

長崎の唐人屋敷総坪数九千三百七十三坪八合のうち、唐人の出入りを見張る長崎会所が支配する六百五十四坪余があった。表門と二ノ門の間にあって乙名部屋、通詞《つうじ》部屋、大門番所など会所が支配していた。さらに外廓竹垣の内と呼ばれる千八百三十五坪余、言わば長崎町衆と唐人区域の緩衝地帯だ。その他、藤之助が上陸した唐人波止場も、

「唐人屋敷」

と見られた。

唐人が自治を完全に支配する区域は二ノ門内の六千八百七十四坪だ。

この敷地に唐人だけが生きる世界が広がり、総二階の唐人長屋二十軒（敷地一軒およそ二十七坪）、市店（およそ四・五坪）百七軒、土神堂《どしんどう》一棟、天后堂《てんこうどう》一棟、観音堂《かんのうどう》一棟、涼所一棟も溜池《ためいけ》三つ、井戸五つなどの唐人の町が広がっていた。これらはあくまで長崎会所を通して奉行所に届けられた数字で百六、七十年余の歳月の間に複雑怪奇に唐人屋敷内に建物が建てられ、地下が掘り抜かれ、この世界に住む人間にしか理

解がつかぬ迷路が延びていた。

藤之助らが出た観音堂は、

「東南の方にあり、天后堂と左右をなす。石門あり、上に「荘厳の福地」と刻まれ、左右に「法雲《ほううん》水蔭シ　慧《え》日《にち》常ニ縣《かか》ル」と分刻す。門を入り右にめぐりて堂前にいたるに泉水あり、瓢箪池《ひょうたんいけ》といふ。其《その》形壺盧《ひょうたん》に似たるを以《もっ》て名となす。橋を架して堂前に通ず。堂上に『慈航普渡呂光昊』普門大士の額あり」

として長崎人に知られた場所だが、長崎人が目にしたのはずっと後年だ。

太郎次と藤之助は池の端にある、立派な構えの二階家建て飯店に案内された。

ふわっという感じで案内の偉丈夫は姿を消した。

すでに二階の座敷には二人の唐人服の男が待ちうけていた。

二人とも藤之助が知る人物だった。

一人はこの唐人屋敷の筆頭差配の黄武尊大人、もう一人の唐人服の男は能勢隈之助だった。

藤之助は黄大人にまず丁重に挨拶をした。それは能勢を匿《かくま》ってくれた礼を込めてなされたものだ。

「座光寺先生、相変わらず身辺多忙の様子でございますな」

黄大人がすべてを承知しているという顔で言った。

「ただただ日々の忙しさに流され、凡人愚かにも右顧左眄《うこさべん》しているだけにございます、黄大人」

「右往左往させられているのは奉行所、目付屋敷、佐賀藩、老陳一味でございましょう」

「大人、そのうちに会所も加えて下され」

と太郎次が言った。

ふっふっふ
と笑った黄大人が、

「ならば唐人屋敷も仲間入りしてもようございます。それほど座光寺藤之助という人物破天荒にございます」

「大人、いかにもさようです」

「鼠島で老陳の取引を掻き回したそうな」

「大人、それがしではございません。ただ、あの場にあっただけです」

「座光寺様の場合、その場にあっただけで風雲を招き呼ばれる。高島家のお嬢さんと一緒にな」

「ただ今の長崎で座光寺藤之助様と高島玲奈様の組み合わせは最強でございますよ」

と太郎次と黄武尊が言い合った。それには藤之助は応ぜず、

「黄大人、能勢隈之助の事、真に造作をかけております」

「なんの座光寺先生が一人で奉行所相手に楯突《たてつ》かれた侠気《おとこぎ》に比べれば、大したことではございません」

大人が言い切った。

藤之助は能勢にようやく視線を向けた。

「能勢、元気であったか」

「なんとか生きる力が湧いてきたところだ」

「よかった」

演習中にゲーベル銃が銃弾詰まりを起こしたことが原因で左手首を失った旗本の次男坊能勢隈之助の言葉にも顔にも力強さと明るさが戻っていた。

「なんぞ考えが立ったか」

隈之助が頷《うなず》くと、

「座光寺藤之助、そなたにまず感謝申し上げたい。能勢隈之助、いかに物を知らなかったか、怪我を負い手首を失って気付かされた」

「それはそなたばかりではない。この座光寺藤之助とて一緒だ。長崎に参って以後、日々恥を掻いて生きておるようなものだ」

「いや、そなたの無知とそれがしのそれはまるで違うものだ」

「無知に変わりがあるものか」

「座光寺藤之助が無知というならば、その表も裏も真っ白だ。おれの無知は江戸の幕臣の子弟が姑息にもがんじがらめに縛られた決まりごと、因襲で真っ黒よ。動くにはこの無駄な約束事をこそぎ落とさねばならない。おれは手首を失い、江戸で覚え込まされた習わしがいかに無益なものか思い知らされた」

藤之助は隈之助が主張することをおぼろげに理解した。互いに直面している問題であったからだ。

「長崎も、増してこの唐人屋敷も江戸の広さに比べれば狭かろう。だがな、そこに住む人々の頭はこの限られた地が広大無辺の世界へと繋《つな》がっていることを理解しておる」

「いかにもさようだ」

「座光寺、おれは長崎を出る」

と、いきなり能勢隈之助が藤之助に宣告した。

「なんぞやりたきことが見付かったか」

隈之助は首を横に振り、失った手首を藤之助に突き出した。

「いや、そうではない。おれは右手だけで出来る仕事を探しに異国に渡る」

「唐か」

「南蛮に渡りたい」

「おもしろい」

「座光寺先生、正直そう思われるか」

「江戸丸で佃島《つくだじま》沖を出たわれら十四人のうち、手首を失い、伝習所の門を閉ざされた能勢隈之助が最初に異国に渡るとは、天もいろいろとおもしろきことを策しておられるわ」

「近々唐人船が清国領澳門《マカオ》に向かうそうな、出来ればその船に乗りたい」

「よう決断した、能勢隈之助」

「座光寺先生、大きな難関がそれがしの前にある」

「なんだな」

「唐人の船に乗せてもらうには船賃がかかる」

「当然のことであろう。また澳門から南蛮までは波濤《はとう》何千里が待ち受けていよう。旅に出て頼りになるのは路銀だ。いくらかかる」

藤之助が聞いた。

「そなた、あっさりと尋ねおるな。それがしは澳門までの路銀しか念頭にない」

藤之助は黄武尊大人に視線を移した。

「大人、澳門までの船賃はいくらですか」

当然能勢隈之助が異国に出ようと考えた背後には、黄大人らの薦《すす》めがあってのことと考えられた。

「座光寺先生、能勢様の決心は別にして、ただ今のお国から異国に出るのは鎖国令に反しての密出国にございますぞ」

「いかにも」

「唐人の船頭どもはその辺の弱みに付け込み、長崎から澳門片道十両とふっかけております」

藤之助にはそれが高いとも安いとも判断が付かなかった。

「風具合では十日もあれば辿《たど》りつく航海の船代としては破格です。船頭の呂祥志《ろしようし》は知らぬ仲ではない、半額の五両に出来ぬことはないが、乗船した後に能勢様に災難がふりかかることも考えられる。まあ、七両なれば呂も大事に澳門まで能勢隈之助様を運んで参りましょうな」

　黄大人が藤之助の返答を伺う表情でいった。

「黄大人、乗船前までに用意すればよいか」

「はい。七両は航海中のすべての食事代、部屋代が入っております。ついでに澳門での宿舎も呂に用意させます。無事澳門まで能勢様を運んだ証拠に澳門からの能勢様の文を次の長崎来航の折に届けさせることも約定させます」

「ならば数日後に届ける」

　藤之助のあっさりとした返事に黄大人が頷き、隈之助が、

「座光寺、返す当ては当面ないぞ。長崎奉行所に追われる身では江戸の屋敷に無心も出来かねる」

「能勢隈之助、われらに先駆けて異国に渡ろうという具眼《ぐがん》の士に船賃の工面などさせられようか」

「座光寺には当てがあるのか」

「要《い》らざる心配を致すな、隈之助」

「おれは異国に渡れるのか」

「呂の船が十日後に出帆というなれば、二十日か一月後にはそなたは異境の地に立っ

ておるわ」

「よし」

と自分を鼓舞するように隈之助がいった。

「一つ残念なことは一《ひとつ》柳《やなぎ》らに別れの挨拶が出来ぬことだ」

「何《いず》れ一柳どのらも異国の地にいくときがこよう、再会の日は必ず参る。そなたはそなたが生涯の仕事としてなすべきことを見付けて習得し、それをわれらに伝授することに邁進せよ」

藤之助の言葉に隈之助の目が潤《うる》み、頷《うなず》いた。

酒と料理が運ばれてきた。

「座光寺様、長崎の阿片の値段が大幅に下落しております」

黄大人が不意に話題を変えた。

「過日の阿片がすでに長崎に出回っているということですか」

「いえ」

と黄大人が首を横に振った。

「長崎にはすでに阿片が入り込み、それなりの量が保管されております。老陳がこの上大量に売り払いましたゆえ、その噂だけで値崩れする前に売り払おうとだれもが考

え た結果、値崩れを起こしたと思えます」

「この上、老陳の阿片が出回ればさらに下落するというわけでございますな」

「いかにも」

と答えた黄大人が、

「座光寺様にちと願いの筋がございます」

「それがしに」

「はい。この頼み、聞いて頂けるなれば能勢様の船賃などこの黄武尊がいくらでも用立てます」

「能勢の渡航賃と黄大人の願いは別にお考え下さい。まず黄大人、そなた様の願いを聞こう」

「長崎に入った三百余貫の阿片の行方を突き止めて下され」

「ほう、阿片の行方を突き止めよとな。その阿片を黄大人に渡せと申されるので」

「私がそう願ったところで、大量の阿片が唐人の私の手に渡ることを座光寺様はよしとなさるまい。どのようなかたちでもよい、処分して下され」

藤之助はしばし黄武尊の顔を見ていたが、

「長崎会所も奉行所も同じ考えにございましたな」

沈黙を続ける太郎次が頷いた。

「座光寺様、能勢様の乗る船が出帆するまでに願えますな」

「承知した」

藤之助と黄大人の密約がなった。

隈之助がその会話を呆然と聞いていた。

四

その夜、座光寺藤之助と椚田太郎次の二人の姿は、再び賑町《にぎわいまち》の辻に立つ大店、薬《やく》種《しゅ》問屋の福江左吉郎《ふくえさきちろう》方を眺める一軒の二階家に見られた。

賑町の乙名の家の二階は、賑町の祭の道具などが仕舞われていたが、この二階の格子窓から福江左吉郎の表口と裏口の出入りが見られた。

太郎次は鼠島の阿片取引の翌朝から福江左吉郎方を監視下に置くために賑町乙名の二階を借り受け、見張り所を設けた。

この夜も三人の若い衆が交代で仮眠を取りつつ、見張りに付いていた。

荷物が積まれた間の狭い空間に蚊やりが焚《た》かれて、暑さが夜になっても漂っていた。

「風《ふう》の字、鼠は夜中うろちょろ動きよると昔から相場がきまっちょる。動かんね」

「惣町乙名、性根すえて阿片買いよった福江左吉郎たい、なかなか肝っ玉がすわっちょる」

風の字と呼ばれた若い衆頭の風助《ふうすけ》に藤之助も見覚えがあった。三十前後で精悍《せいかん》な顔付きと身のこなしをしていた。

「福江の旦那にくさ、上方者と思える旦那は訪ねてこんね」

「そっちも冬の鯉ですばい、惣町乙名。水底にじいっとしとらすもん。こっちも動きようがありまっせん」

「長崎じゅうの旅籠《はたご》ばあたらせたが、それらしき人物は泊まっちょらん」

「阿片を抱えてくさ、どこぞの船蔵でこっちの見張りがだれるのを待つ考えやろか」

「風の字、奉行所と目付屋敷が湊口と日見峠《ひみとうげ》の二つとも見張っとる。相撲の明荷までみんな開けられて調べられとる。長崎から大量の阿片が外へ流れるのは難しかろうもん」

「へえっ」

「日限が切られた。今晩から十日以内に阿片の行方を突き止めねばならんこつになった」

「惣町乙名、とにもかくにもたい、福江左吉郎の旦那が動かんこつにはどもならん」

と風助が首筋をぼりぼりと掻いた。

太郎次がしばし沈思していたが、

「よかろ。明日にもなんしてん仕掛けばやろうかい。餌に飛び付くかとどうか、そん目ん玉ひん剝《む》いて見ちょれ」

と胸に秘策があるのか太郎次が配下の三人を激励すると、

「座光寺様、今宵の散歩は終わりですな」

と言い、二階家から狭い階段をとんとんと下りていった。

中島川万橋の袂《たもと》に出て、藤之助も太郎次も襟《えり》をあけて風を入れた。

「福江家は他所者《よそもの》でございましてな、当代の左吉郎から七代前が享保《きょうほう》年じゅうにくさ、福江島から長崎に移ってきたとです」

長崎では七代を経ても他所者扱いだという。

「会所に関わりがないのですか」

「むろん会所に関わりがなければ、この長崎では商いはできまっせん。ばってん、他所者の福江家が乙名など会所の役職に付いたことはございまっせんもん」

「七代百数十余年を過ぎても他所者扱いが、此度《こたび》の阿片買いに走らせたのであろうか」

　さあて、と顎《あご》に手を置いて考えた太郎次が、

「動機の一つとは言えるかもしれまっせんな」

　と藤之助の問いを肯定した。

「けんど、福江左吉郎が大胆にも抜け荷に手を出した理由は他にございました。当代の左吉郎が密かに唐人交易に手を出してくさ、えらい大損ばこいたげな。へえ、今年の春先、福州船《ふくしゅうせん》と抜け荷取引ば約定しましたがな、春の嵐で荷を積んだ福州船が五島《ごとう》沖でひっくり返って沈没したとか、船頭も荷も海の藻屑《もくず》と消えたという話ですたい。あるいは最初から転覆は偽装でくさ、仕組まれた事故であったたち、噂がいろいろと飛んでおりますたい。ともかくこん抜け荷失敗で福江家の家運が一気に傾いたちゅう話ですもん」

「傾いた家運を立て直すために上方辺りの商人と組んで、阿片密輸を計ったと太郎次どのは申されるか」

「左吉郎は養子ですもん、福江から奉公に来ていた手代の左吉郎の男ぶりにくさ、家付き娘のおけいさんが惚《ほ》れて所帯を持ったとです。店の奥では今もね、おけいさんに

頭が上がらんとか。当代になって、商いでだいぶ無理ばしていなさるもんね」

と太郎次が阿片密輸の動機を語った。

「此度の阿片取引に福江左吉郎と上方者が用意した金子《きんす》は莫大《ばくだい》でござろうな」

「まず千両箱がどれほど積まれたか、此度しくじると福江家の商いは潰《つぶ》れまっしょ」

と太郎次が言い切った。

「太郎次どの、この阿片取引の背後に会所の人間が関わっておると考えておられるな」

「やっぱ座光寺様もそう考えられますな」

「これだけの大取引、他国者二人で企てたとも思えぬ」

「そのこつですたい」

二人は四つ半（午後十一時）の頃合の中島川の岸辺に沿って江戸町へと下っていた。

遊里の丸山からか、風に乗って三味線と女の歌声が響いてきた。

「しののめの　別れにしっかと抱きしめて
忘れぬようにまたきてくだしゃんせ
しゃんせしゃんせと　いうたもんだ」

太郎次が歌に耳を傾け、

「あん女、丸山に戻ってきませんな」

と瀬紫《せむらさき》ことおらんの行動に触れた。

「長崎では会所の目が光っていよう、そう簡単に戻れぬことはおらんが承知しておりましょう」

「女狐め、一日一日ふてぶてしゅうなりよる」

と太郎次が呟いたとき、藤之助は闇に潜む待ち人を感じ取った。

「太郎次どの」

「なんですな」

「今宵、一度この界隈《かいわい》で襲われ申した」

「うーむ、そん野郎がまた待ち受けておると言われるね」

前方の闇が揺れた。

だが、殺気は後方から迫ってきた。

「太郎次どの、川岸へ」

太郎次が柳の下に身を屈《かが》めた。

藤之助は半身で後ろを振り返った。

しなやかな影がするすると接近してきた。数刻前、襲った女剣客ではなかった。若い男だ。

藤之助は藤源次助真を抜くと峰に返した。

一気に間合いが縮まり、わが身の左斜めに傾けていた剣が翻《ひるがえ》って藤之助の肩口に斬り込まれた。

藤之助は斬り込みの間合いを読んで後退しつつ、相手の剣を避けた。同時に左手一本で助真の切っ先を、
くるり
と後ろも見ずに反転させた。

切っ先が飛び込んできた女剣客の眼前に突き出され、女剣客が一瞬立ち竦《すく》んだ。

二人の動きを止めた藤之助は二人の動きが見える岸辺に飛び下がった。

「今宵二度目じゃな、女剣客どの」

「許せぬ」

男装を見抜かれた女剣客が、

「許せぬ」

と吐《は》き捨てるように言った。

「なんなんね、長崎ば魂消《たまげ》らした座光寺藤之助様を襲うた相手は女やったとね、呆れたばい」

と太郎次が驚きの声を上げた。

「だれに頼まれたな」

藤之助が問いかけた。

「だれにも頼まれはせぬ」

「ほう、座光寺藤之助になんぞ恨みか」

「ある」

「申せ。事の次第によっては尋常の立合いせぬこともない」

「姉者、こやつの手にかかるでない」

後ろから迫った若い刺客が剣を振り上げた。

対岸で提灯の明かりがぶらぶらと突き出されたように揺れて止まり、こちらの戦いを見ている様子があった。

「そなたら、姉と弟か」

「詮索を致すでない、座光寺」

「座光寺藤之助、逃げも隠れもせぬ。そなたらにそれがしを討ち果たす理由があるならば、いつでもよい、伝習所剣術道場を訪ねて来られよ。立ち合おう」

藤之助の言葉を姉と弟が吟味するように聞いていたが、対岸の明かりに目をやって、

「隆之進《たかのしん》」

と姉剣客が言い、二人の刺客が闇へと没していった。

ふーうっ
と太郎次が息を吐いて柳の下から立ち上がった。すると対岸から、

「江戸町惣町乙名ではなかかね、怪我はどげんね」

「怪我もなんもなか、おいの連れは座光寺様たい」

「ほんならなんの心配もなかろ、いくばい」

「万歳町の、明日にも会所で会いまっしょ」

対岸の明かりは湊へと下っていった。

「梅園太鼓に　びっくり目をさまし
朝の帰りに濡れまら　ぶうらぶら
ぶらりぶらーりと　いうたもんだ」

二人の耳にまた女の歌う艶っぽいぶらぶら節が戻ってきた。

「魂消たばい。一夜のうちに同じ人間に襲われなさったな」

「最初は姉だけであったが、ただ今は弟連れであった」

「こん次はくさ、子連れで攻めてきようらすばい」

と太郎次が冗談を言った。

「参りましょうか」

刀を鞘《さや》に納めた藤之助が太郎次を誘った。

「座光寺様、全く覚えがなかですか」

「ござらぬ」

藤之助が首を横に振った。

「なんぞ曰《いわ》くがありそうばってん、あん二人じゃあ、座光寺藤之助様は到底討ちきれん」

と太郎次が落ち着きを取り戻した声で言った。

「道場に参りますやろか」

「さあてどうであろうか」

二人の行く手に出島の明かりが見えてきた。

白の萩が一段と花を咲かせて風に揺れていた。

朝稽古を終えた伝習所剣術道場の井戸端で一柳聖次郎《せいじろう》が藤之助に慌《あわただ》しくも声をかけた。

「座光寺先生、能勢の行方は知れたか」

その場には酒井栄五郎がいた。

「一緒に江戸を出てきた友だ。無事な顔が見たい」

と聖次郎がさらに言った。

伝習生らは井戸端で体を清めるのに真剣で三人の話に関心を持つ者はいなかった。直《す》ぐに食堂《じきどう》に駆けつけ、朝餉《あさげ》を食し終えなければ授業が始まる。だれもが寸毫《すんごう》の時を惜しんで行動していた。

「近々会わせる」

「近々とはいつだ、座光寺先生」

聖次郎が迫り、

「そなたらを伝習所の外に出す理由をなんぞ考えねばならんな、どうしたものか」

と藤之助が思案する様子に栄五郎が、

「筆を買い求めたいと前々から教官方に申し込んである。今晩にもその許しが出るように頼んでもよい」

と言った。

「よし、外出の許しを得たなればそれがしに知らせよ。その日の夕刻に江戸町惣町乙名の太郎次どのの家に参られよ。だが、大勢で能勢に会うのは無理ゆえそなたら二人だけだ。だれにもこのことを話すでない」

「承知した」

と答えた聖次郎と栄五郎は体も拭うことなく食堂に駆け付けていった。

藤之助が大名屋敷と見紛《みまご》うほどに広大な敷地を占める長崎町年寄高島了悦の豪壮な門を潜《くぐ》ると顔見知りになった門番が、

「玲奈お嬢さまなれば、梅《うめ》ヶ崎《さき》町の蔵屋敷に参られました」

と教えてくれた。

「ならばあちらに訪ねよう」

湊に面した蔵屋敷には船がかりと荷揚場があり、玲奈の小帆艇《しょうはんてい》レイナ号もそこに係留されていた。

蔵屋敷に行ったということは海に出ているということではあるまいか。

そんな危惧《きぐ》を持ちながら藤之助が高島家の蔵屋敷を訪ねると、なんと玲奈が陸揚げされた小帆艇の船底に自ら手を動かしてなにか塗料を塗っていた。

「高島家には沢山《たくさん》の仕事師やら奉公人がおられようが」

「藤之助、命を守るべき武具の手入れを他人に任せるの」

「そう言われれば返す言葉もないがな」

と応じる藤之助に玲奈が作業の手を休めて訪問者を見た。

「南蛮の船は水漏れしないようにしばしばこのような塗料を塗り重ねるのよ。私にこの船を造ってくれた船大工が教えてくれたことの一つなの。あちらでは海に出る船の手入れは女もするそうよ」

「そんなものか」

藤之助は作業場にあった椅子に腰を下ろすと、

「塗料に汚れた玲奈も愛らしいぞ」

と思わず正直な気持ちを洩《も》らした。

刷毛《はけ》を手にした玲奈が藤之助の膝《ひざ》に、
ぽーん
腰を下ろして首に片手を巻き、藤之助が抱き止めた。そして、今では二人の挨拶と

なった口付けをして、

「伊那の山猿はどこでそのような言葉を覚えたのかしら」

と首を捻《ひね》った。

「玲奈、ちと頼みがあって参上致した。願いを聞いてくれぬか」

「参上致しただって。鹿爪《しかつめ》らしい言葉遣いに藤之助の下心が隠されていそうだわ。言ってご覧なさい」

「金子を借用したい」

「いくら」

「三十両」

「いいわ」

「理由を聞かぬのか」

「座光寺藤之助の値打ちは三十両なんてものじゃないもの。喋りたければお話しなさい」

藤之助は能勢隈之助の南蛮遊学のことを告げた。

「そう、能勢様はその覚悟をなされたの」

「手首を失った能勢がわれらより早く最初に異国の地に立つのだ。路銀だけは持たせてやりたい。それがし、二十両は用意致した。都合五十両あれば当面の費用になろう」

「藤之助、小判で持たせる気」

「小判では通用せぬのか」

「唐人と阿蘭陀人の間では通用するわ。だけどその国の銭貨に交換するときに騙《だま》されるのがおちね」

「どうすればよい」

藤之助の脳裏には、異国それぞれが独自の通貨を持っているなど、全く夢想もしていなかった。

「うちの用人に一肌脱がせるのがいいわ。それに能勢様には長崎会所と阿蘭陀商館長の添え書きを手形代わりに持たせることも必要よ」

玲奈がてきぱきと指示し、

「そうと決まったら、藤之助、手伝いなさい」

と塗料塗り替え作業を命じた。

藤之助は半刻後、再び高島家の門を潜った。

玲奈は藤之助を目利き部屋に連れていった。すると高島家の奉公人らが一斉《いっせい》に一人に挨拶した。

「爺、知恵を貸して」

目利き部屋の奥に鎮座していた眼鏡の老人を玲奈が呼んだ。藤之助も顔だけは承知していた。

「なんでございますな」

「内緒の話よ」

「ならばこちらに」

目利き部屋の裏手に高島家用人稲葉《いなば》佐五平《さごへい》の御用部屋があった。

「玲奈様、こん方が長崎で評判の座光寺様にございますな」

と用人が高島家の孫娘と親しい藤之助の目利きをするように見た。

「爺がいくら目玉をひん剝《む》いても座光寺様の器は計りきれないわ。それより知恵を貸しなさい」

玲奈がてきぱきと用件を伝えた。

「十日後に出る唐人船は呂祥志の船でございますな。船賃の一件は江戸町惣町乙名に願うとして七両分の清国貨幣はうちで用意させまっしょ。その先の路銀ですがな、玲奈嬢様がドンケル・クルチウス商館長に掛け合い、東インド会社の出先のお店でその国の銭を受け取るほうが安全でございますよ」

と藤之助が全く想像もできない外国為替《かわせ》の仕組みを告げた。

「東インド会社とはなにか」

「藤之助、欧州と、清国や日本など亜細亜《アジア》の国との交易やら植民地経営を行う会社の総称なの。英吉利《イギリス》国、仏蘭西《フランス》国、阿蘭陀国にそれぞれの東インド会社があるわ。長崎の出島には商館長以下の雇員は東インド会社から派遣されてくるの、だから、英吉利国の都の倫敦《ロンドン》を始め、長崎までの東廻《まわ》りの湊々に出店がある。爺は能勢様に出来るかぎり現金を持たせずに東インド会社の出店出店を利用して必要な時に必要なだけの現地通貨に交換できないかと言っているの」

「そいつはよい考えかな。玲奈、ドンケル商館長に掛け合ってくれぬか」

「能勢様が奉行所に秘密で出国するということを忘れないでね」

「承知した」

「ならば玲奈に任せなさい」

と玲奈が胸を叩《たた》いた。

第三章　両手撃ちの芳造《よしぞう》

一

「京の遊女に長崎衣装　江戸の意気地ではればれと
大坂の揚屋《あげや》で遊びたい　なんと通ではないかいな」

と長崎に商いで来る上方の遊冶郎《ゆうやろう》商人に歌わせたほど、長崎の遊女の衣装は豪奢《ごうしゃ》で知られ、京島原《しまばら》の太夫《たゆう》でさえ羨《うらや》んだほどだ。それは偏《ひとえ》に長崎に入る異国の織物染物に最初に袖《そで》を通すのが長崎丸山《まるやま》の女郎衆だったからだ。

長崎が一番勢い盛んだった寛文《かんぶん》期（一六六一～七三）、正月の遊女は、

「玳瑁《たいまい》、鼈甲《べっこう》の櫛《くし》簪《かんざし》、金糸刺繍《ししゅう》の打掛で晴れと着飾った絵踏衣装」

で京島原、江戸吉原《よしわら》の遊女連の垂涎《すいぜん》の的であった。

この丸山町の遊女には、太夫、見世《みせ》女郎、そして並女郎の「格」があった。太夫は舞、茶道を嗜《たしな》み、祝い日には能舞台に上がる芸を身に着けていた。

見世女郎は見世の格子の中で客を待つ女郎で、「格子」とも呼ばれた。

並女郎は「ケッチャン」と呼ばれ、安女郎であった。このケッチャンは上方の花柳界の言葉の
「仮契《けちぎり》」

のケチに愛称をつけた言葉であった。

長崎の遊里、丸山は博多須崎浜柳町の遊女屋、恵比須屋《えびすや》の主が抱え女郎数人を連れて長崎古町《ふるまち》に移ってきたのが嚆矢《こうし》とされる。

その後、寛永《かんえい》十九年（一六四二）、古町を中心に町中に散在していた遊女屋を丸山町付近に集めて寄合町にしたものが、

「丸山」

の繁栄の始まりであった。

ゆえに丸山とは、丸山町寄合町の総称でもあった。

長崎交易が盛んだった延宝《えんぽう》九年（一六八一）、丸山町の遊女屋三十軒、遊女三百三十五人（内太夫六十九人）、寄合町の遊女屋四十四軒、遊女四百三十一人（内太夫五

十八人）を数えたという。

丸山町寄合町合わせて七百六十六人は、同時代の江戸元吉原の九百八十七人に比してもなかなかの数であった。

丸山は長崎の阿蘭陀《オランダ》交易、唐人貿易の隆盛とともに繁栄し、凋落《ちょうらく》とともに衰退してきた。

誕生の時から二百余年の歳月が流れ、この夜の丸山界隈にはしとしとと雨が降っていた。

足駄《あしだ》を履《は》き、番傘を差した座光寺藤之助《ざこうじとうのすけ》は丸山町の入口、二重門に立った。

江戸の官許の吉原と異なり、丸山に鉄漿溝《おはぐろどぶ》も高塀もなく、丸山町から寄合町へと鉤形《かぎがた》に遊女屋が何十軒も連なっていた。

丸山には太郎次《たろうじ》の案内で新規の遊女屋紅梅楼《こうばいろう》を訪ね、女主が吉原を足抜けした瀬紫《せむらさき》ことおらんかと正体を見届けにいって以来の訪問であった。

あの折は長崎に到着して間もなくのこと、長崎の町も丸山町の地理も判然とせず、太郎次にいきなり丸山に誘《いざな》われ、連れ戻された記憶しかない。

格子窓の向こうには明かりが点《とも》され、桟留《サントメ》や更紗《サラサ》の衣装を着た遊女が雨の通りを所在なげに見ていた。

藤之助に格子から煙管《キセル》が突き出された。

「ちと物を聞きたい」

藤之助が軒下に入り、傘を窄《すぼ》めて格子に寄ると遊女が、

「仁王さん、なんな、遊びに来たと違うと」

と煙管を引いた。

六尺の身丈に足駄を履くと格子窓からは藤之助が仁王のように見えないこともなかろう。

「すまぬ。丸山町の油屋《あぶらや》を訪ねてきた」

「油屋さんによか女子《おなご》がおると」

煙管を突き出した遊女の傍《かたわ》らから仲間の女郎が暇を持て余した様子で聞いた。

「そうではない。亡くなった遊女の若葉《わかば》のことを聞きにいくところだ」

藤之助は正直に答えた。

「あんた、西町ね、目付《めつけ》役所ん人ね」

と格子の向こうから透かし見た煙管の遊女が奉行所か長崎目付かと聞き、首を傾《かし》げた後、

「あんた、伝習所の先生と違うね」

と訊《き》いてきた。

「いかにもそれがし伝習所の剣術指南だが」

格子に遊女たちが集まってきて、中には行灯《あんどん》を窓まで近付ける女もいた。

「江戸侍にしてはなかなかの男前やね」

「体も阿蘭陀さんと変わらんたい」

「こん人の噂はあれこれあるもんね。町年寄の変わり者のお嬢さんとたい、懇《ねんご》ろらゅうじゃなかね」

と好き放題に言い合った。

姉様株か、一人だけ格子に近寄りもしなかった遊女が、

「座光寺藤之助様、若葉様の不幸に関心がございますので」

と聞いた。

格子に顔を寄せた女には江戸の匂いが漂っていた。すると煙管の遊女らが元の席に戻った。

「それがしの名を承知か」

「長崎を引っ掻《か》き回される座光寺様の名は長崎奉行より高うございますよ」

苦笑いした藤之助は話を元に戻した。

「そなたも承知であろう。若葉は阿片《あへん》を吸うて溝に嵌《は》まり、亡くなったそうな。そのことが気になってな」

「座光寺様は剣術指南が本業と承知しておりますが」

「いかにもさようだ。それがしの野次馬根性がこのような酔狂をさせておると考えてくれ。邪魔をしたな」

藤之助が軒下から雨の通りに出ようとした。

「若葉様のおられた油屋は半丁ほど坂を登った左手の中見世にございますよ」

「そなた、名は」

「引田屋《ひけたや》のあいにございます」

「江戸者か」

「遊里で生まれ在所を聞くのは野暮の骨頂にございます」

「相すまんことをした。こちらは伊那《いな》の山猿でな」

あいの顔が、
すうっ
と格子窓に寄せられ、

「座光寺様、阿片で亡くなった遊女衆のことを調べるのは危のうございます」

と小声で忠告するとまた身を引いた。

油屋に上がる道中、しとしと降っていた雨が強くなった。それだけに通りを歩く遊客の姿はない。

両側の格子窓の中で客を待つ遊女たちも暇そうで阿蘭陀加留多《カルタ》で遊んでいる女もいた。

あいが油屋は中どころの女郎屋と言ったが、あいの見世の倍の間口で格子も広かった。

格子窓には八人の女郎が張見世をしていた。

「足駄のお侍、遊んでいかんね。雨の夜たい、しっぽりと濡れまっしょう、どうな」

遊女の一人が気だるく声をかけてきた。

「番頭どのに会いに参ったのだ、どこに行けば会えるな」

「なんね、遊びじゃなかと」

と声音を変えた女が、

「暖簾《のれん》ば潜《くぐ》らんね、番頭の平助《へいすけ》さんも暇を持て余しとるたい」

と雨に濡れた暖簾を顎《あご》で示した。

番傘を窄《すぼ》め、暖簾の下に立てかけた藤之助が、

「御免《ごめん》」

と玄関土間に身を入れた。

油屋の番頭平助は上がり框《がまち》に腰を下ろし、手に線香を持って自らの脛《すね》の三里に灸《きゅう》をしていた。六十をいくつか過ぎたか、白髪頭の老人だった。

「おまえ様はだれね」

平助が見上げた。

「江戸《えど》町惣町《まちそうまち》乙名《おとな》椚田《くぬぎだ》太郎次どのに口添えを受けた者じゃあ。伝習所剣術指南座光寺藤之助と申す」

「江戸町にな」

と藤之助を見上げた平助が、

「こん偉丈夫なれば奉行所も千人番所も黒蛇頭《くろじやとう》も手に負えんはずじゃな」

と独り呟《つぶや》き、

「なんの用事ね」

と聞いた。

「亡くなった若葉のことを知りたいのだ」

平助の顔が険しくなった。

「若葉のなんば知りたいとね」

「若葉は阿片を常用しておったか、だれから阿片を手に入れたか」

平助が呆《あき》れたという顔付きで藤之助を見た。

「剣術の先生、餅は餅屋というでっしょうが、慣れんことに首ば突っ込まんほうがよか。年寄りの忠言と思うて聞きなっせ」

「それがし、生まれ付いての物好きでな、若い身空で亡くなった若葉が愛《いと》おしいと思うといても立ってもおられぬのだ」

「座光寺様、本気で言いなはるな」

「酔狂ではない」

ふーうっ
と番頭が息を吐《は》き、

「座光寺様は未だ長崎を知らんごとある、深入りすると殺されますばい」

「それも覚悟の上だ」

薬種問屋《やくしゅ》の福江左吉郎《ふくえさきちろう》は動きを見せなかった。太郎次もあれこれと仕掛けをしていたが、店の外に一歩も出ないで商売に専念している風を見せていた。また上方辺りの商人と見られる男も福江方を訪ねてくる気配を見せなかった。そこで太郎次に相談をした藤之助は、長崎で頻発《ひんぱつ》している遊女の阿片死に首を突っ込んでみることにした。

複雑な町制を敷く長崎で藤之助の探索が効果を上げるとも思えなかった。だが、藤之助が動くことで相手方を刺激する、さすればどういう反応を見せるか、その一点で藤之助は丸山を訪問したのだ。

「若葉の顔も知らんやろね」

「存ぜぬ」

「それでもお調べと言いなさるね」

「いかにも」

間があった。

平助は煙草盆を引き寄せ、煙管に刻みを詰めると線香で火を点《つ》けた。

湿っぽい土間に煙が流れた。

「おかしなことにくさ、若葉が阿片を吸っておることを主もわたしら奉公人も朋輩《ほうばい》女郎も知らんかったとです。役人が申されるには常用していれば体に阿片の甘い香りが染み付くとか、すぐに分かるげな」

「若葉は初めて阿片を吸うたと申されるか」

「そうしか考えられんもん」

「長崎の遊女は阿蘭陀行、唐人行とあるというが」

「若葉のことなら、日本行ですもん。こん行は出島阿蘭陀屋敷や唐人屋敷に出入りを許された女郎、という意味ですたい。出島行と唐人屋敷は稼ぎがようございますもん。ばってん若葉は日本行でよかと言いよりました」

「阿片は唐人行が町に持ち出すことがあるそうだな」

「よう承知ですたい。先にも言いましたが、若葉は見世で待つ女でしたもん」

「となれば、だれが阿片を若葉に呉《く》れたのであろうか」

「役人に口止めされておりますもんね」

平助は煙管を口に持っていった。

藤之助はその様子をじいっと眺めていた。

「困りましたな、独り言ば言いとうなった」

と煙管を吹かした平助が、

「一見《いちげん》の客があん夜若葉に付きましたもん。一晩借り切りちゅうて、揚げ代は前払い、男衆に祝儀も渡しましたたいね」

「長崎者か」

「地下人《じげにん》とは違いまっしょ。芳造《よしぞう》は気風《きっぷ》のいい江戸弁でくさ、年は三十前やろか。色男の上に仕草も垢抜《あかぬ》けておりましてな、あれは遊び人やろな」

「渡世人ということか」

「へえっ」

芳造と若葉が部屋に籠《こも》ったのが五つ（夜八時）過ぎ、夜明け前に芳造が油屋を出て若葉が送りに出た。そして、一刻後に若葉は新地荷蔵裏のどぶに真っ裸を晒して死んで見付かったという。

「阿片を部屋で吸った気配が残っていたのであろうか」

「へい」

と短く答えた。

「若葉は男前に惚《ほ》れる性質でしたもん。そいが災いしたとしか思えんもんね」

と呟いた平助が首を竦《すく》めて、

「喋り過ぎたと違うやろか」

と後悔の言葉を口にした。

油屋に暇《いとま》を告げ、濡れそぼった暖簾の外で番傘を広げた藤之助はどこからともなく見張られていると感じた。

（餌に早くも飛びついてきたか）

藤之助は傘を差すと奥へと進んだ。すると鉤の手に曲がるところで紅梅楼の表に出た。

総二階の造りも庭も玄関先もなかなかのもので、油屋よりも格段と立派だった。

おらんが陰の女主《おんなあるじ》と聞いたが、未だ確かめられた事実ではなかった。

楼は雨の中で明かりを煌々《こうこう》と点《とも》し、二階座敷から大勢の客が登楼して騒ぐ歌舞音曲が表まで聞こえてきた。

（繁盛とみゆる）

藤之助は知らなかったが、それは博奕《ばくち》の気配をごまかす調べだった。

寄合町へとさらに鉤の手を曲がって進んだ。これより先は藤之助も全く知らない世界だった。

寄合町の通りの真ん中へんで、紅梅楼よりも大廈《たいか》の酒楼《しゅろう》を見た。筑後屋《ちくごや》という遊女屋は隣に茶屋を持っていた。

長崎で茶屋とは遊女屋に併設された料理屋の意であり、茶屋を持つ遊女屋は最も格式のある見世と認識されていた。

筑後屋の茶屋は格別に、

「中の茶屋」

と呼ばれ、江戸や上方から長崎を訪ねる文人墨客通人が出入りした茶屋だったとか、伝習所剣術指南の藤之助には縁がない。

降る雨に誘われるように寄合町の端まで歩いた藤之助は、
ふわり
と暗い路地に身を沈めた。すると監視の目がざわざわと動いた。

どこをどう歩いたか、藤之助は灯籠《とうろう》の明かりに吸い寄せられて、天満宮の境内に入り込んでいた。

この梅園天満宮の建立《こんりゅう》には丸山らしい逸話が残されている。

元禄《げんろく》六年（一六九三）のある夜、丸山町の乙名の安田次右ヱ門は遊里の入口の二重門で突然左胸を刺され、倒れた。

下手人は次右ヱ門に恨みを抱く町奴《まちやっこ》の五郎左衛門だったが、恨みを晴らしたと確信した五郎左衛門は、その場で腹を掻《か》っ捌《さば》いて死んだ。

一方、次右ヱ門は、着物は胸の辺りで切れているものの不思議にも体に傷一つなかった。

家に戻った次右ヱ門は、日頃から信心する天神様のお蔭と庭に祀《まつ》る祠《ほこら》を調べてみた。果たせるかな、観音像の左胸に刺し傷が残って倒れていた。

そこで次右ヱ門は奉行所に社地を願い出て、自宅に祀っていた観音像をこの地に移し、梅園天満宮と名付けたという。

長崎の身代わり天神が祀られた天満宮に藤之助は拝礼すると、再び雨の参道に出た。

石畳に跳ね返る雨が藤之助の袴《はかま》の裾《すそ》を濡らした。雨はますます激しさを増していた。

行く手に一文字笠を被った細身の影が浮かび出た。

着流しの襟《えり》に片手を突っ込み、もう一方の手で胸を抱え込んでいた。

痩身から血の臭《にお》いがした。

藤之助は影に向かい、歩み寄った。

六、七間と接近したところで足を止めた。

「北辰《ほくしん》一刀流《いっとうりゅう》の遣い手だそうだな」

相手が口を開いた。

「生まれ育って以来、信濃一傳流《しなのいちでんりゅう》と申す戦国往来の田舎剣法を叩《たた》き込まれた。北辰一刀流は江戸に出て入門したが、わずかな期間でな」

藤之助は傘を左手一本に持ち替えた。

「そなた、芳造じゃな」

「剣術遣《やっとう》い、ところかまわず首を突っ込むと命を失うことになるぜ」

「若葉に阿片を喫煙させたのはそなたじゃな」

「江戸から変わり者が長崎に来たと聞いたが、愚か者の間違いかえ」

襟に突っ込んでいた手が動いた。

「止めておけ、匕首《あいくち》で座光寺藤之助を斃《たお》せると思うてか。雨の中、犬死することもあるまい」

藤之助が牽制《けんせい》した。

「剣術遣い、総身に智恵が廻《まわ》らないかえ」

藤之助の番傘が、
ふわり
と傾けられ、一瞬芳造の視界から藤之助の上体の動きが隠され、目に入ることはなかった。

雨の参道に番傘が落ちて転がった。

藤之助の目に芳造が突き出した大型の短銃が映じた。

M1851ネイビー、三十六口径六連発の大型銃を芳造は両手で保持していた。

芳造の顔に驚きが走った。

藤之助の片手にも短銃が構えられていたからだ。

スミス・アンド・ウエッソン1／2ファースト・イシュー三十二口径輪胴式五連発短銃だ。芳造のそれよりも新型の連発銃だ。だが、芳造のそれは破壊力で藤之助のリボルバーに勝っていた。

芳造は一瞬で理解した。

「剣術遣い、なかなかやるな」

「間合い六、七間、互いが引き金を引き合えば間違いなく二つの命が消える距離じゃな」

二人は伸ばし合った腕のリボルバーの銃口を相手に向けたまま睨《にら》み合った。

芳造の目玉が目まぐるしく動き、藤之助のそれは微動もしなかった。

「座光寺藤之助、今晩は挨拶《あいさつ》だけにしておこうか」

芳造が大型リボルバーを構えたまま後退し、石段の前で足を止めると後ろも見ずに飛んだ。そして、姿を消した。

藤之助は片手に構えていた最新式のリボルバーをゆっくりと下ろした。

二

翌未明、雨は止んだ。

朝稽古が終わった刻限、高島《たかしま》家からの使いが伝習所剣術道場に来た。

藤之助は食堂《じきどう》で朝餉《あさげ》を食した後、高島家に出向くことにした。

伝習所の門前で初代総監永井尚志《ながいなおゆき》に会った。

永井は西役所から伝習所総監室に戻る途中だった。その表情に憂《うれ》いが漂い、足取りも重かった。

「座光寺先生、相変わらず身辺多忙の様子じゃな」

永井は藤之助が江戸町惣町乙名の椚田太郎次や高島玲奈《れいな》と親しく交流していることを承知していた。だが、その行動に制限を加えるようなことは一切しなかった。

座光寺藤之助為清は稀有《けう》の人物、自由にさせて大きく才を伸ばす。それが幕府のためにもなると永井も長崎奉行川村修就《かわむらながたか》も伝習所第一期生の勝麟太郎《かつりんたろう》らも暗黙の裡《うち》に了解していた。

「はあっ」

藤之助は近頃外歩きが多くなっていることを気にかけて、曖昧《あいまい》な返事をした。

「座光寺、激動の時代、後世になにがお役に立つか分からぬ。幕臣の本分を忘れなければ心を広くして何事も見聞せよ、それでよい」

「総監のご忠告肝に銘じます」

永井は門内に入りかけ、ふと思い付いたように藤之助の傍らで足を止めた。

「長崎に大量の阿片が流入したという情報に奉行所で接した。川村様もそのことを気にしておられる。座光寺、承知か」

「承知しております」

藤之助は正直に返答した。

「ほう」

永井が藤之助の顔を見上げた。永井とは五寸ほど身長差があった。

「入り込んだ量はいかほどか」

「百斤の袋で十九にございます」

「な、なんと。奉行所が推測した十倍以上の量かな。それが市中に出回ると大事になるぞ」

永井が驚愕《きょうがく》した。

「そうでなくとも遊女が阿片の喫煙で五人ほど死んでおります」

「大国の清《しん》国は阿片中毒に麻痺《まひ》させられて英吉利《イギリス》国に敗北致した。次はこの日本と幕閣の中には心配なさる方もおられる」

「いかにも」

「座光寺、そなた、流入した阿片がどこにあるか承知か」

「未だ長崎市中にあることは確かですが、正確な所在は突き止めておりませぬ」

「突き止めておらぬ、と申したが突き止めてどうする」

「奉行のお考えはいかに」

「流入した阿片を市場に出回らせてはならぬ。奉行所も目付役所も必死で行方《ゆくえ》を追っておる」

「座光寺、十九袋の阿片の行方を突き止めよ。伝習所総監の命である」

藤之助が頷《うなず》いた。

「総監、突き止めた後、どうなされるご所存でございますな」

永井はしばし沈思し、

「そなたと行をともにする面々の思惑はいかに」

と聞いた。

「長崎に阿片が流入した跡を綺麗さっぱりと消す」

「処分するということか」

「いかにも。阿片で利を得ようとする連中の手から手に渡ることだけはなんとしても阻止してみせます」

「座光寺、最前の忠言を忘れるな」

「幕臣の本分を忘れるな、でございましたな」

「いかにもさようだ」

「総監、お願いがございます。伝習所入所候補生の一《ひとつ》柳聖次郎《やなぎせいじろう》と酒井栄五郎《さかいえいごろう》の二人、一晩だけ外出の許しを貰《もら》えませぬか」

「この一件に関わりがあるか」

「なくもございません」

と答えた藤之助に、よかろうと頷いた永井が、

「座光寺、吉報を待つ」

と付け加えた。

その顔から憂いが消え、足取りが幾分軽くなったようで伝習所の門内へと姿を消した。

藤之助は高島町の町年寄の豪壮な門を潜るとすっかり顔馴染《なじ》みになった門番が、

「玲奈様は射撃場でお待ちです」

と告げた。

長崎会所が仲介して海外から買い取る銃器の試射場が広大な高島家の敷地の一角に設けられていた。漆喰《しっくい》の厚い壁に塗り込められた射撃場から鈍い銃声が聞こえてきた。

射撃場の二重扉を開いた藤之助の目に玲奈が西洋の貴族が決闘に使うという、象嵌《ぞうがん》が施された銃を構える姿が飛び込んできた。

ぴたり
と決まった姿勢から撃ち出される銃弾が十五、六間先の円形の的の中心部に集弾した。

全弾を撃ち終えた玲奈がくるりと振り向き、

「ドンケル・クルチウス商館長が阿蘭陀の東インド会社の支店を利用することを承知したわ。能勢《のせ》様は澳門《マカオ》から先、東インド会社の関わりの船を利用して航海ができる」

と言った。

「有り難い」

玲奈が藤之助に寄るといつものように口付けした。

「能勢様の欧州滞在はどれほどと考えればよいの」

「長崎から倫敦《ロンドン》とか申す英吉利国の都への船旅にどれほどの月日がかかるな」

「片道半年はみるべきね」

「往復一年、あちらで二年から三年の逗留《とうりゅう》で都合三年から四年か」

「藤之助、五十両では心許《こころもと》ない。片手を失くされた能勢様は常人より金子《きんす》がかかると思ったほうがいいわ」

「いくら用意すればよい」

「百両かな」

「なんとかせずばなるまい」

「当てがあるの、藤之助」

「今のところはないな。だが、金は天下の回りものと申すでなんとかなろう」

にたり
と藤之助が笑い、

「高島家が立て替えておくわ。座光寺藤之助への先行投資ね」

と玲奈が応じた。

「都合が付き次第お返し致す」

能勢隈之助の出国が現実のものとなった。

「玲奈、昨夜な、それがしのよりも大きな連発短銃を持った男に出会うた」

藤之助は梅園天満宮の雨の参道で互いに至近距離から銃を向け合った経緯《いきさつ》と男の風貌を語って聞かせた。

「リボルバーを両手撃ちで構える男ね、初めて聞いたわ」

「芳造と申したが、玲奈、あやつは危険だぞ。気をつけよ」

「調べさせる」

玲奈は会所の組織を動かすことを約束した。

「藤之助、雨の丸山になにか用事があったの」

「福江左吉郎が動かぬゆえ丸山に出向き、阿片の喫煙が原因でどぶに嵌《は》まって死んでいた遊女若葉のことを聞き歩いてみた」

「そこで両手撃ちの芳造が姿を見せたってわけね。遊女衆が死んだ事件と福江左吉郎が老陳から阿片を密輸した一件は繋《つな》がっているの」

「ただ今のところ不分明だ」

「太郎次様も此度《こたび》は苦労していなさるようね」

「あの夜からぴたりと動きを止めたでな、探索は進んでおらぬ。今は我慢のときだ」

藤之助は会所に潜むだれぞの考えがあって動かぬと見ていた。

玲奈が頷き、

「藤之助、雨に打たれたリボルバーを貸して。手入れするわ」

と言った。


その日の夕刻、藤之助は江戸町惣町乙名の椚田太郎次の家で一柳聖次郎と酒井栄五郎を待ち合わせ、太郎次に伴われて魚心《ぎょしん》の漕ぐ舟で唐人屋敷の船着場に向かった。

久しぶりの外出に聖次郎も栄五郎も緊張していた。

「どうした、栄五郎。大人《おとな》しいではないか」

「それは無口にもなる。何度申請しても外出許可が出なかったがな、最前、総監から直々に江戸町惣町乙名の家を訪ねよと命じられたのだ。急な話に驚いておるところよ」

と栄五郎が答え、

「座光寺先生、能勢隈之助に会えるのだな」

と聖次郎が念を押した。

「太郎次どのがこの舟に同乗しておられるゆえ、そなたらもおよその推量はつこう。

惣町乙名の世話で能勢はこの長崎に隠れ潜んできた」

二人がぺこりと太郎次に頭を下げた。

「能勢は元気であろうな」

「手首を失くした当座から立ち直った」

「よかった」

としみじみ聖次郎がいった。

一柳聖次郎は能勢隈之助、それに嵐の駿河灘《するがなだ》に落水して行方を絶った藤掛漢次郎《ふじかけかんじろう》と三人一緒に長崎行を決めたのだ。藤掛を失い、能勢が伝習所に入所する夢を絶たれた今、聖次郎の心配は、能勢隈之助の、

「今後の道」

だった。

「藤之助、能勢の行方を未だ長崎目付が追っているそうだな」

「光村《こうむら》どのにも役目があるゆえな」

演習中に手首に怪我を負い、結果的に左手を失った能勢隈之助を長崎奉行所と伝習所は江戸に帰すことを命じた。その非情の命に逆らい、伝習所の外に連れ出したのは藤之助だ。

「自由に町中を歩くこともできんとなると能勢はどうなる」

魚心の漕《こ》ぐ舟は唐人屋敷の船着場に接岸しようとしていた。

香辛料と獣肉と油などが入り混じった独特の熱気が藤之助らの乗る舟にも押し寄せてきた。長崎の匂いだった。

ふうっ
と息を吐《は》いた聖次郎が藤之助を見た。

「詳しい話は能勢の口から聞くがよい。能勢との別離の夜となる」

「別離の夜だと。能勢は長崎を出るのか」

「能勢隈之助は異境に向かう」

藤之助の答えを聞いた二人は、
ぽかん
とした顔になり、一言も発しなかった。

小舟が船着場に接岸した。

太郎次が舫《もや》い綱《づな》を手に石段に飛び、杭に結わえた。そして、手話で魚心に待つように命じた。

藤之助が続いて上陸した。だが、二人は未だ舟の中で身動き一つしなかった。

「座光寺藤之助、異国行きは能勢が自らの意思で決めたことか」

「聖次郎、そなたが直《じか》に能勢に質《ただ》せ」

「よし」

と覚悟を付けたように小舟から船着場に聖次郎が飛んだ。

唐人屋敷の周囲に重なり合うように広がった唐人街の迷路をうねうねと伝い、藤之助にとっては馴染みの広場に出た。

だが、聖次郎も栄五郎も初めての訪問で、石畳の広場を珍しげに見回している。

「藤之助、ここは唐人屋敷の中か」

「いや、いくら決まりが緩やかになったとはいえ、われら和人は未だ自由に唐人屋敷に出入りはできぬ。ここは外だ、栄五郎」

石の壁で囲まれた広場は無人だった。

太郎次が店の奥に消え、三人は夜空を眺める広場の卓に腰を下ろした。

壁に囲まれた広場の上空を蝙蝠《こうもり》が飛び回っていた。虫が集《すだ》く調べが三人に秋の気配をしみじみと感じさせた。

ふわり
という感じで唐人服の男が姿を見せた。丁髷《ちょんまげ》がないのを見た聖次郎が、

「能勢隈之助か、驚いた」

　と呟いた。

「おれは座光寺に能勢が異境に向かうと聞かされても信じることが出来なかった。だが、今、おれの前に立つ隈之助を見て、それが真実と悟らされた」

　能勢隈之助が静かに三人の座る卓に着いた。

「聖次郎、おれは異国で生きる道を探すと決めた」

　ふうっ
　と聖次郎が息を吐き、首肯《しゅこう》した。

「演習で手を失ったおれが皆に先んじて異国に行く。おれはな、手を失うまで長崎伝習所入所のことも異国の進んだ事物も真剣には考えておらなかった。だが、手を失い、惣町乙名の家に隠れ潜み、さらには唐人屋敷に暮らして、おれの心がいかに偏狭か無知か、よう分かった。右手一本でなんぞやれる仕事を見付ける。それはそなたらのように軍艦に乗って幕府のために働く道ではあるまい。だが、片手一本でも、おれを長崎に送り出してくれた家族や友のために役に立つことが出来そうだと考えを変えたのだ」

「隈之助」

と聖次郎が感極《きわ》まった声で呼んだ。

唐人の小僧が紹興酒《しょうこうしゅ》と盃《さかずき》を運んできた。

四人だけで別離の話をさせようと太郎次は店の奥から出てこなかった。

藤之助が四つの酒器を配り、甕出《かめだ》しの古酒を注いだ。

「一柳聖次郎、能勢がこれほどの勇気を見せてくれたのだ、快く盃を上げて送り出してくれぬか」

藤之助の言葉に聖次郎が自らを得心させるように何度も頷き、盃を上げた。

隈之助も右手で盃を握り締め、それに応じた。

「能勢隈之助、生きて戻ってこい」

「聖次郎、おれは必ず生き抜いてそなたらと再会を果たす」

「約定したぞ」

四人は盃の古酒を飲み干した。

「おれはまだ驚きから立ち直れん。能勢、それにしてもようも決断した」

栄五郎が口を挟《はさ》んだ。

「栄五郎、聖次郎、おれの心に浮かんだおぼろげな考えをすべて形にしてくれたのは座光寺藤之助だ。異国に渡る手配から金子まで仕度してくれておる」

「未だお膳立ては済んでおらぬのか、隈之助」

聖次郎が心配げな顔で隈之助を見た。

「澳門《マカオ》と申す清国の湊《みなと》まで乗る唐人船は決まっておる。だが、その先は未だ決まっておらぬ」

「決まった」

と藤之助が応じ、懐《ふところ》から油紙に包んだ書付を隈之助に渡した。

「能勢、ここにドンケル・クルチウス阿蘭陀商館長が東インド会社の出先に宛てた紹介状と為替が入っておる。そなたは唐人船に乗るとき、当座の金子だけを持っておればよい。あとはその書状が必要な現地の貨幣に交換してくれるそうな」

三人が藤之助を見て、栄五郎が、

「出島の商館長とはそのような手妻《てづま》を使うのか。手紙一つでどの地でも金子に交換してくれるのか」

と言い出した。

「栄五郎、どこにそんな世界があるものか」

藤之助は阿蘭陀商館長らを派遣した組織が東インド会社であることや、長崎の阿蘭陀商館長に金子を払い込んだ額、現地相場で立て替えられる仕組みを告げた。

「座光寺先生、それがしの費用《かかり》をすでに阿蘭陀商館に払ったと申されるか」

藤之助が頷いた。

「藤之助、能勢が異国へ渡る金子はどれほどか」

栄五郎が聞いた。

「往復の航海に一年の歳月がかかる。さらに異国に二年から三年滞在したとて当座百両を阿蘭陀商館に払ってある」

「なんと、百両もの大金がおれの渡航に掛かるのか。そのようなこと考えもしなかった」

隈之助が呆然として、言葉を失った。

「能勢、そなたはわれらの先駆けとなって、異国の地に赴《おもむ》くのだ。苦労は一人になった後、次々と押し寄せてこよう。百両などなんの役にも立たぬかもしれん」

「おれはだれに百両を返せばよい」

「異国から戻ったおり、そなたが学んできた知識や技でそなたと同じ考えを持つだれかに返せばよいことだ」

「それでよいのか」

「よい」

藤之助は三人の盃に新たな酒を満たした。

「おれはおれは……」

「隈之助、男子が友の前で涙を零《こぼ》すでない。真の哀しみや寂しさはこれからそなたを見舞う。そのときのためにとっておけ」

「独りの折、泣いてよいか」

「おおっ、涙を搾《しぼ》り出した暁《あかつき》には新たな力も湧いてこよう。われらも長崎で頑張るでな」

「よし」

「今宵《こよい》、そなたを長崎にて見送る。次に会うときはそなたがわれらを異国の地で迎え入れてくれ」

「よし、飲もう」

と覚悟を付けたように一柳聖次郎が言い、盃の酒を呷《あお》った。

三

藤之助が朝稽古前の黙想をしていると、人の気配が道場にした。伝習生や千人番所の藩兵が姿を見せるにしては半刻ほど早かった。

藤之助は静かに瞼《まぶた》を開いた。すると第一期生として肥前《ひぜん》佐賀藩から長崎海軍伝習所入りをしている鍋島斉正《なべしまなりまさ》が見所《けんじょ》の行灯《あんどん》の明かりにおぼろに見分けられた。

「座光寺先生、邪魔を致す。ちと話がござる」

藤之助は頷いた。

鍋島が藤之助の前に正座した。

年交代で長崎の治安を守る役目に福岡藩と佐賀藩が就《つ》いていた。

若い座光寺藤之助が伝習所剣術指南に任命されて、それに不満を持つ佐賀藩の千人番所の面々と何度か戦いが繰り返されていた。佐賀は武辺でなる藩風だ、葉隠《はがくれ》精神の本家でもあった。

鍋島は同じ第一期生の佐野常民《さのつねたみ》とともに藩と伝習所の間に入り、諍《いさか》いが拡大せぬように気を配ってきた人物だった。

鍋島自身、もはや葉隠の心だけでは佐賀藩の経営が成り立たぬと承知し、異国の進んだ海軍の組織や軍備を勉学しようと自ら望んで伝習所入りしていた。

「座光寺先生には度々《たびたび》迷惑をかけてござる」

「鍋島様、遠慮は無用です。なんぞ危惧《きぐ》あらば申されよ」

と年上の鍋島に単刀直入に話すように願った。いつ伝習生が姿を見せるとも知れなかったからだ。

頷いた鍋島が、

「茂在宇介《しげありうすけ》を覚えておられるな」

今度は藤之助が首肯《しゅこう》した。

藤之助の剣術指南就任を巡って不満を抱いた千人番所御番衆《おばんしゅう》組頭利賀崎六三郎《りがさきろくさぶろう》はタイ捨流《しゃりゅう》の達人茂在宇介を誘い、藤之助を二人で襲い、返り討ちに遭《あ》っていた。またそのことを恨《うら》みに感じた利賀崎と茂在の弟ら五人が伝習所剣術道場を訪ね来て、

「兄の仇《かたき》」

とばかりに勝負を挑んで散々な目に遭っていた。

この五人、佐賀藩の名を失墜させたという理由で密かに詰め腹を斬らされていた。

この二つの事件ともに公《おおやけ》にはされず、長崎奉行所と佐賀藩の間で内々に決着をつけ、手打ちがなっていた。だが、藩の上層部が騒ぎを大きくしたくないがために蓋をしようとした行動は、利賀崎や茂在の親戚縁者らの間に反発を招き、藤之助への憎しみの火種を残していた。

「藩道場の助教であった茂在には年下の許婚《いいなずけ》がござった。佐賀藩の中士の娘にて池添《いけぞえ》

亜紀《あき》と申す女にて、女ながらタイ捨流《しゃりゅう》のなかなかの剣の遣い手でござる。この者の弟の池添隆之進《たかのしん》とともに佐賀城下を離れ、長崎入りした形跡がござる」

「この座光寺藤之助に恨みを抱いてのことですね」

「亜紀はなんとしても道場仲間に助教茂在宇介と豹介《ひょうすけ》兄弟の仇を討つと言い残して佐賀城下から姿を消しております。座光寺先生にござれば、池添姉弟如《ごと》きに不覚を取られるとは万々思わぬが、佐賀藩家臣がこれ以上愚かなことに手を染めるのも困る。また一方、座光寺先生に知らんぷりの頬被《ほおかぶ》りも失礼でござろう。ゆえにそれがし、このような煩《わずら》わしきことをお耳に入れんと罷《まか》り越した次第にござる」

「佐賀藩はこの姉弟の行動を承知しておるのですか」

「目付は未だ知らぬはず」

と鍋島が言い切った。

その顔にはなんとか穏便に事が鎮められぬかという表情が見えた。

「鍋島様、お気遣い恐縮にございます」

藤之助の言葉に鍋島の表情がようやく解《ほぐ》れた。

「鍋島様、お聞き致す池添姉弟、どう取り扱えば佐賀藩のため、ひいては長崎奉行所のためになり申そうか」

「さてそれは」

鍋島は二人をどう取り扱うかまでは想念になかったようだ。

「狭隘《きょうあい》な無知がこのような行動を若い二人に取らせておるのです。出来れば藩に知れることなく姉弟に是非を悟らせ、生きる道を教えたい。ともあれ、二人に座光寺先生を襲うような真似《まね》をさせぬことが第一番にござる」

「鍋島様、遅うございましたな」

「なんと申されましたな」

鍋島が驚きの顔で身を乗り出した。

「先夜、池添姉弟と思える二人に襲われましてございます。一度目は姉だけの襲撃でしたが、二度目は隆之進どのと呼ばれる若者と一緒でござった」

「それがしが迷うた分、座光寺先生に迷惑を掛け申したか。となるとどうしたものか」

「鍋島様、三度目があるかどうか。この座光寺藤之助にお任せ願うか」

鍋島斉正が藤之助の顔を正視した。

「これ以上無益な死は避けとうござる。藩に知られれば二人は詰め腹を斬らされるは必定《ひつじょう》にござる。座光寺先生、なんとしてもそれは避けたい」

「承知した」

鍋島の顔が和《なご》み、藤之助の気持ちも鍋島の心根に接して明るくなっていた。

「鍋島様、稽古を致しませぬか」

「おおっ、願ってもなきことにござる」

二人は道場の床から同時に立ち上がった。


井戸端の垣根の萩が風に揺れて光っていた。

藤之助が見ていると一柳聖次郎が寄ってきて、

「能勢はまだ唐人屋敷におろうな。これを渡してくれぬか」

と封書を差し出した。

唐人屋敷の外の酒館で聖次郎と隈之助が会って二日が過ぎていた。

「あまりの驚きになにを能勢と話したか覚えておらぬ。それがしの思いを認《したた》めた」

「届けよう」

藤之助が分厚い書状を稽古着の懐《ふところ》に入れた。

「見送りたいができまいな」

「能勢は密かに唐人船に乗り込み、長崎を出るのだぞ。先夜の別れで我慢致せ」

頷いた聖次郎が、

「あやつの決断に比べたら、おれは女々《めめ》しいな」

「友思いの一柳聖次郎らしくてよい」

「こんな気持ちに変えたのは座光寺藤之助だぞ」

そう言い残した聖次郎が朝餉を摂《と》るために食堂に走っていった。

藤之助はこの日も江戸町に惣町乙名の椚田太郎次を訪ねた。すると居間に招じ上げられた。

太郎次は日が差し込む縁側で髪結いに月代《さかやき》をあたらせていた。

「髪結いの文次《ぶんじ》は初めてでしたな」

と髪結いと引き合わせた太郎次が、

「文次は江戸でいう下っ引きでございましてな、此度の一件でも動いております」

と身内であることを明かした。

浅黒い顔の文次は四十年配の華奢《きやしや》な体付きの男だった。その文次が髪結いの手は休めずにぺこりと藤之助に挨拶した。

「福江左吉郎、なかなか動きませんな」

「あと三日か」

「追い詰められましたな」

「足掻《あが》きたいところだが、ここが我慢の為所《しどころ》かのう」

「福江左吉郎と組んだ上方者ですがな、摂津《せっつ》大坂と京に店を持つ薬種問屋の老舗《しにせ》、畔《はん》魂堂《こんどう》の主耀右衛門《ようえもん》と判明しました。老陳に渡した阿片の代金の大半は畔魂堂からの出金でしょうな、福江左吉郎はせいぜい一割も出したかどうか」

「耀右衛門の姿は知れませぬか」

太郎次が悔《くや》しそうに首を振った。

「長崎会所の網はそれなりにしっかりとしたものでしてな、怪しげな他国者が潜んでおれば大体摑《つか》めるものですがね、此度は全くその気配がない」

「長崎を出たということはございますまいな」

「座光寺様、耀右衛門が老陳に支払った阿片の代価は莫大な額と想像されます、三百余貫の阿片を運んで陸路にしろ海路にしろ出るのは困難にございます。奉行所の目が光り、われらも監視しておりますればな」

と先日と同じ考えを太郎次は述べた。

「なんぞ打つ手があればよいが」

太郎次が思案し、文次が、

「惣町乙名、これでどうやろか」

と髷《まげ》の具合を尋ねた。

「よか」

太郎次は文次が差し出した南蛮手鏡を見ることもなく答え、文次が道具を片付け始めた。

「太郎次どの、知恵を借りに参る」

太郎次が藤之助を見て、

「高島の玲奈嬢様な」

「差し障りがござるか」

「玲奈様になんの禁じ手はございまっせん」

と許してくれた。

藤之助は鍋島斉正から伝えられた姉弟の刺客のことを告げた。

「なんとあん女と男、茂在宇介の許婚とそん弟と言いなはるか」

「池添亜紀と隆之進と申すらしい。太郎次どの、なんとか、佐賀藩に知られることなくこの姉弟を説得したいのじゃがな」

「敵討ちば諦めるやろか。聞けば不憫《ふびん》は不憫、なんとか考えまっしょ」

と太郎次が請合った。

一柳聖次郎の文を太郎次に託した藤之助と文次は、一緒に江戸町惣町乙名の家を出た。

「座光寺様、町中じゃございません、こん湊のどこぞに隠れておるとやがねえ」

と話題を阿片に戻して湊を見た。

「葉っぱを隠すには森と聞いたことがある」

「葉っぱを森にな、こりゃ妙案たいね。ばってん長崎に阿片の森はございまっせんもん」

と文次も頭を捻《ひね》った。


玲奈は高台にある高島家の離れ屋の広間にいて、奇妙な遊具で独り興じていた。

幅一間半長さ二間の卓の上には緑色の羅紗地《ラシャじ》が張られ、卓の四周には縁が付いており、四隅にはそれぞれ穴が開いていた。

玲奈は長さ五尺ほどの棒で玉を突き、別の色付き玉に当てていた。その玉には南蛮数字が刻まれていた。

「玉突《たまつき》をご存じ」

「見たこともないな」

玲奈が棒の先に滑り止めを塗り付け、何度か軽やかに扱《しご》いて構えた。

左手は羅紗地の上におき、指の間に棒の先端を入れ、右手の棒で白玉を狙って突いた。すると白玉は卓の上を走って縁に当たり、角度を変えて転がると黄色の玉に当たって見事に穴に入れた。白玉は黄玉とぶつかった場所に停止していた。

「鮮やかなものだ」

「白玉は穴に落とさずに色付きの玉を数字どおりに落としていく簡単な遊びよ、やってご覧なさい」

藤之助は玲奈を真似《まね》て棒を繰り出し白玉を動かして手近の緑玉に当てた。すると勢い余って二つの玉が卓の縁を越えて床に落ちた。

「藤之助、玉突も剣術と一緒よ、力加減が大事なの。白玉を突いた瞬間、棒を引き戻してご覧なさい」

玲奈は何度も手本を見せ、玲奈の体を抱きこんで棒を握らせた藤之助に左右の手の動きを示した。

藤之助は玲奈の肉体を薄い物を通して感じながら、玉突の動きをなぞった。

体を離した玲奈が白玉を卓の中央に戻し、緑玉を穴に入れた。そして、縁近くに停止していた黒玉を指示した。

「いいこと、直接当てても黒玉は穴に入らないわ。棒の先、当て玉の白玉、狙い玉、落とす穴の位置をよく考えるの。このように黒玉に直接当てても穴に入れるのが難しい場合は、縁の角度を利用しながら何度か方向を変え、狙い玉を別の場所に転がし、穴を狙うのよ」

藤之助は教えられたとおり棒を突く素振りを繰り返して、突き加減をわが体に飲み込ませようとした。何回か繰り返すと動きが滑らかになった。

「なんとのう分かったぞ」

と独り言を呟いた藤之助は白玉を手で転がし、縁に当たった狙い玉がどう弾き返るかを何度も確かめた。その結果、角度の深浅次第で狙い玉の返りも変わることを知った。

「藤之助、白玉は真ん中を突くだけではないの。棒の先端で白玉の左や右を薄く当てることによって玉の角度が変わり、回転も違ってくる」

「この遊び、奥が深いな」

「阿蘭陀人は出島の二百年をこの遊びをしながら孤独に耐えてきたのよ。いくら剣の達人の藤之助でも簡単に会得できないわ」

「よかろう」

藤之助は白玉を黒玉から一番遠い隅の縁に向かって突いた。

白玉が力強く転がり、一度二度と縁に当たって方向を転じ、さらに三度目に縁を掠《かす》めて当て玉の黒の右を嘗《な》めて転がすと黒玉はゆっくりと穴に落ちた。

ぱちぱちぱちぱち
と玲奈が拍手し、

「藤之助はたった二度で玉突の技を会得したわ」

と褒《ほ》めると口付けしてくれた。そして、

「よかよか。藤之助を真似てたい、あっちこっち派手に突いてみましょうかね」

と長崎弁で言ったものだ。

「なにをしようというのだ、玲奈」

「藤之助、阿片十九袋は未だ長崎にあると言い切れるの」

「太郎次どのはあれだけの量の阿片が簡単に長崎を出られるはずがないと考えておられる。実際、奉行所と会所が二重に湊口《みなとぐち》と日見峠《ひみとうげ》を封鎖しておるでな、それを掻《か》い潜《くぐ》って出るのは難しかろう。それがしも湊に停泊する船か荷蔵に隠されておると考えてようかね」

「阿片ば抱えた大鼠さんがくさ、動くか動かんか長崎名物ハタば湊で揚げてみまっしおる」

「ハタとはなんだな」

「見たことないの」

「いや」

「ハタの季節は三月四月だものね。藤之助が江戸丸で長崎入りしたとき、ハタの季節は終わっていたのね」

「季節があるのか」

「風が吹く時期、風頭山《かざがしらやま》、金比羅山《こんぴらさん》、古城址、合戦場、准胝観音《じゅんていかんのん》と場所を替えてハタ揚げが行われるの。ハタは他国でいう凧《たこ》のことだけど、長崎ハタは旗だと思って。戦に旗は付き物ね、となるとハタ揚げは戦《いくさ》、喧嘩《けんか》なの」

「ハタ揚げで戦とは高く上げることを競うのか」

「ハタのかたちは方形が多いわ。竹骨二本を十字にして長い横骨の先端を垂らすの。ほご紙を貼っただけの簡単なものよ。四つの竹骨の先にヨマを結ぶ。ヨマは苧麻《ちょま》が訛《なま》ったものよ。このヨマと呼ばれる糸がハタ戦の大事な武器なの。ビードロヨマはビードロを砕いて粉にしてのりと混ぜ、ヨマに塗り、狙ったハタのヨマにこっちのビードロヨマを絡ませて切り落とすのよ」

「伊那谷の喧嘩凧だな。もっとも伊那では長閑《のどか》な子供の遊びだったがな」

「長崎ではハタ揚げに身上身代を傾けた分限者《ぶげんしゃ》が何人もいるわ。それほどビードロヨマやハリガネヨマ作りに没頭して商いを忘れ、銭金を注ぎ込む者が絶えないわ。長崎のハタは子供どころか大人が夢中なの、文化《ぶんか》十三年（一八一六）には奉行所から通達が出て、大人も子供もハタ揚げを禁ずる触れが出たほどよ」

「玲奈、なんとのうハタは分かったが、ハタ揚げして阿片を抱えた黒鼠が姿を見せるかな」

「脛《すね》に傷を持つ人間は些細《ささい》なことにも怯《おび》えるものよ。ハタとヨマ音で福江左吉郎と上方の商人を右往左往させてみせるわ、まあ、藤之助、見ていなさい」

と玲奈が胸を張った。

「待て、ハタ揚げ禁止令が布告されたと申したではないか」

「騒乱の時代、ハタ揚げ禁止なんてのんびりしたことを奉行所が構っていられると思う。私に任せなさい、藤之助」

というと玲奈は別れの口付けをした。

藤之助は再び高島町から江戸町の惣町乙名椚田太郎次の家に戻った。そして、太郎次に玲奈の考えを告げると、

「ほう、玲奈嬢さんは季節外れに湊でハタを揚げるち言いなはったか、おもしろかね」

「確かに悪いことをしたものは凧音にも怯えよう。だが、いくらなんでも凧音で姿を見せようか」

「座光寺様、ハタは凧と違いますもん、戦《いくさ》ですたい。まあ、他国の人間にはハタ揚げを見んことには信じられんやろな」

藤之助は、

「大山鳴動して鼠《ねずみ》一匹」

にならねばよいがと腹の中で思ったが口にはしなかった。

「まあ、玲奈嬢さんのお手並みを拝見しまっしょうかね」

と笑った太郎次が、

「座光寺様、池添亜紀と隆之進の姉弟ですがな、こっちは行方が知れました」

「さすがに太郎次どの」

「と褒められるほどのものでもございまっせんもん」

と江戸町惣町乙名が苦笑いした。

四

独逸《ドイツ》人医師フィリップ・フランツ・フォン・シーボルトは阿蘭陀医官として文政《ぶんせい》六年（一八二三）八月十一日、長崎に到着した。

藤之助が長崎に接するより三十三年も前のことだ。

その折の感動をこう記す。

「なんという美しい岡、気高い寺院の森。いきいきとした緑の山の峰……」

二十七歳のシーボルトは一瞬にして長崎に魅了された。

故国独逸のバイエルン州の名門大学で医学を学んだシーボルトは医師としての道を歩き始めようとしたとき、東インド会社の亜細亜《アジア》派遣の話を耳にした。

異国に興味を抱いていたシーボルトは早速《さっそく》応募した。

阿蘭陀政府はシーボルトを陸軍医官に任命して東洋貿易の中心であったバタビアに着任させた。

この地で自然科学の深い知識と探究心を認められたシーボルトに日本への渡航が改めて打診され、長崎に渡ってきたのだ。

シーボルトが来日した頃から徳川幕府の鎖国政策は外圧に晒《さら》されて大きく揺らいでいた。

出島で行った最新の外科手術が評判を呼び、シーボルトは出島の外での診療が許されることになった。

シーボルトは阿蘭陀通詞中山作三郎《なかやまさくさぶろう》らの仲介で鳴滝《なるたき》の地に家を購入して、診療所を開設した。

この地でシーボルトが見せた外科手術の症例は欧州の最新医術を示すものとして、日本各地から高野長英《たかのちょうえい》、高良斎《こうりょうさい》、二宮敬作《にのみやけいさく》、小関三英《おぜきさんえい》、湊長安《みなとちょうあん》、美馬順三《みまじゅんぞう》ら俊英がシーボルトの周りに集まり、

「鳴滝塾」

と呼ばれる医学塾を開校した。

文政九年、阿蘭陀商館長の江戸参府の随員として江戸を訪れたシーボルトはさらに日本の見聞と知識を深める機会を得た。江戸滞在中には幕府天文方兼書物奉行の高橋《たかはし》景保《かげやす》らと交友を重ねることになる。

この折、シーボルトは欧米列強が日本進出の機を窺《うかが》っていることを明確に知らせるために東南アジアの地図を高橋らに贈った。高橋はそのお返しに伊能忠敬が作製した大日本沿海輿地《よち》全図の縮図を贈った。

二年後、悲劇は起こった。

五年の任期を終えたシーボルトは阿蘭陀に戻ることになって日本で採集した様々な資料を阿蘭陀船コリネリウス・ホウトマン号に積み込んだ。この船が嵐のために座礁して、積荷の一部が国禁に触れることが判明した。

長崎奉行所はシーボルトを出島に幽閉し、厳しい尋問をすることになった。その結果、日本地図の縮図を渡した高橋は死罪の命を受けた後、牢死し、シーボルトは、「日本御構《おかまい》（国外追放）」を命じられ、文政十二年に日本から追放された。

長崎と江戸を揺るがしたシーボルト事件だ。

夜五つ半（午後九時）の刻限、椚田太郎次と座光寺藤之助の二人は鳴滝への道を辿《たど》っていた。

その道々、太郎次が藤之助に阿蘭陀商館の医師シーボルトの功績を話してくれたのだ。

「その昔、鳴滝は赴任なされた長崎奉行がくさ、京の鳴滝に似ておるちゅうもんで名付けられた地名ですたい。シーボルト先生がこん地に鳴滝塾ば開かれたころたい、日本じゅうから蘭学を志す俊英が集まってくさ、鳴滝塾の門下生は三十三人に及んだとです。ばってん、シーボルト先生が種を蒔《ま》いた医学の知識はくさ、蘭学を目ん敵《かたき》にした鳥居耀蔵《とりいようぞう》に悉《ことごと》く潰《つぶ》されました」

鳥居耀蔵とは、幕府大目付にして後に江戸町奉行に就いた蘭学嫌いの妖怪耀蔵のことで、蛮社の獄で洋学派の人材を弾圧したことでも知られていた。

藤之助の提げた提灯《ちょうちん》の明かりが山道を照らし、ひたひたと進む二人の足音だけが物音だった。

「長崎の銅座町にたい、こんにゃく屋がございましてな」

と太郎次の話が突然変わった。

「銅座町のこんにゃく屋で知られておりますもん。こん家の子は上からつね、まさ、たき、善次郎、ふみ、さだと六人でしてな、決して裕福ではございませんでした。そんで長姉のつねと三女のたきがたい、寄合町の引田屋《ひけたや》に身売りしてくさ、抱え遊女になりました。そんで、二人して阿蘭陀行ん遊女になりましたもん。こんたきの源氏名は其扇《そのぎ》でございましたがな、シーボルト先生に可愛がられてくさ、文政十年には二人の間にいねさんが生まれております」

藤之助の耳に水音が響いてきた。

「シーボルト先生が鳴滝塾を開いた折の家が未だございますがな、こん家を池添亜紀と隆之進の姉弟が塒《ねぐら》にしておりますたい」

太郎次は鳴滝行きの理由をようやく説明し終えた。

「太郎次どの、おたきさんは健在なのですか」

「おたきさんもおいねさんも元気です。ばってん、こん長崎でもくさ、シーボルト先生の子のおいねさんば抱えたおたきさんの苦労は並じゃございまっせんたい。シーボルトが長崎を去ったあと、おたきさんは籠町《かごまち》の和三郎《わさぶろう》と所帯を持ちましてな」

娘のいねとは、日本人初の女医となる楠本《くすもと》いねのことだ。

「二人の塒がよう分かりましたな」

藤之助は提灯の明かりを吹き消した。

「太郎次どの、殺気が漂っておる」

太郎次が闇を透かしたが、

「分からん」

と呟いた。

二人は足音を消して進んだ。

塀に囲まれた敷地から黒々とした庭木が生い茂って夜空へと繋《つな》がっていた。

水音は敷地の中からだ。

枝折戸《しおりど》は片側の戸が開けられたままだ。

「座光寺様、裏手に回りまっしょ」

と太郎次が鳴滝塾の裏山に回ることを提案した。

裏山といってもせいぜい十間ほどの高さの崖で、滝の水はそこから庭へと落ちていた。

広い敷地に母屋と塾舎に使われていた三棟の建物が点在していた。

藤之助は明かりが点る塾舎の一棟に迫る人影を太郎次に指し示した。

影は五つを数えた。

「あん姉弟、敵《かたき》ば持つ身でございましたかな」

「そうも思えぬが」

影の一人は羽織を着た武士で、残る四人が袴の股立ちを取り、襷《たすき》を掛けていた。

「佐賀藩藩士やろか」

「まずそう考えたほうがよかろう」

「池添亜紀は許婚《いいなずけ》茂在宇介の仇を討たんとして長崎に来たとでっしょうが。佐賀藩が助勢を出すちゅうんなら話も合いますばってん、始末するちゅうとはどういうことやろか」

二人が雨戸を静かに外《はず》した。すると夜風が塾舎に吹き込んだ。

行灯《あんどん》の明かりが吹き消され、池添姉弟が身構えた気配がした。

羽織の武家が開け放たれた雨戸の前に立った。

「池添亜紀、隆之進、おるな！」

塾舎に向かって叫ばれた。

返事はない。

「すべて確かめた上だ、返答を致せ」

さらに沈黙が続き、意を決したように、

「どなたでございますか」

「佐賀藩千人番所高畠千右衛門《たかばたけせんえもん》である」

藤之助には馴染みがない名だった。

「ほう、おもしろか人が出てきなさったばい」

太郎次は承知のようで、

「座光寺様、高畠様は千人番所では無役にございますがな、影目付《かげめつけ》と呼ばれる長老の一人ですたい」

「高畠様、夜分になんの用ですか」

あくまで亜紀の返答は警戒心に満ちていた。

「そなた、長崎になにしに参った」

「知れたこと、許婚茂在宇介様の仇を討つためにございます」

「座光寺藤之助は女子子供《おなご》には討てぬ」

「女子子供と侮《あなど》られましたな。池添亜紀、タイ捨流をいささか学んでおります」

「女子が一丁前の口を利《き》くでない。佐賀に戻れ」

そう言いつつも高畠は刺客らに行動を手で命じていた。

「仇討たずしてなにじょう佐賀に戻れましょうか」

「座光寺藤之助は、本藩葉隠衆死に狂いの曲者《くせもの》が斃《たお》す。邪魔立て致すな」

「葉隠衆死に狂いご一統はすでに出陣し、座光寺一人に敗北を喫した筈《はず》にございますな」

「身の程知らずの女子が言うでない！」

高畠が一喝した。

「池添亜紀、そなたらがあくまで座光寺を付け狙うと申すなれば、この場で討ち果たす」

塾舎からしばし答えはなかった。

「葉隠衆死に狂いご一統の意地が先か、私の仇討ちが優先されるか。私と弟、佐賀城下をその覚悟で出た以上、後には引けませぬ」

「藩命が聞けぬか、池添亜紀、隆之進」

と高畠が宣告した。

「千人番所に葉隠衆死に狂いの曲者が潜んでおりましたか」

と太郎次が呟き、

「それにしてもなんという無理無体ば言いなはるか」

と呆れた言葉を続けて洩らした。

刺客四人が抜刀した。

塾舎の空気が動いて男装の亜紀と隆之進が雨戸の奥の縁側に立った。

四人が遠巻きの半円に囲んだ。

藤之助は数以上に力の差があることを見取っていた。

「太郎次どの、頼もう」

吹き消した提灯を太郎次に差し出した藤之助は崖の斜面に茂った樹木を伝い、下っていった。

亜紀が先に庭に飛び出し、弟の隆之進が続いた。

半円が縮まった。

羽織の高畠は一人だけ半円の外にいて、刀に手もかけていない。

「斬れ！」

刺客に非情な命が告げられた。

四人が踏み込み、亜紀と隆之進が受けた。

亜紀は刺客の攻撃を弾いたが、隆之進は太股《ふともも》に一撃を受けて片膝を突いた。

「これ、隆之進、しっかりせよ！」

姉が鼓舞した。

「はっ、はい」

隆之進が必死に立ち上がった。

形勢は更《さら》に刺客側に有利に変わっていた。

「一気に始末致せ」

高畠の声も平静に戻っていた。

「ちと無情過ぎるな」

藤之助の声が戦いの場に響いた。

高畠が振り向きざまに叫んでいた。

「何奴か、邪魔立て致すな！」

「そなたらがお捜しの座光寺藤之助でござる」

「な、なんと」

半円の四人が、
くるり
と攻撃の相手を変えた。

亜紀と隆之進姉弟は呆然と立ち尽くしていた。

「しかと座光寺藤之助じゃな」

高畠が念を押した。するとそこに提灯の火が現れ出て、

「高畠様、長崎海軍伝習所剣術指南の座光寺藤之助為清《ためすが》様に相違ございまっせん」

と太郎次の声がした。

「己《おのれ》は江戸町惣町乙名か、なにゆえかような場所に出しゃばりおるな」

「間違ってはなりませんばい。ここは昔から町衆が支配してきた長崎ですばい。奉行

所も千人番所も仮の逗留者ですたい。それをくさ、忘れんで下され」

「おのれ、増長しおって」

「高畠様、ここが引き上げどきたい。これ以上踏み込むちゅうなら、利賀崎兄弟の道ば辿《たど》ることになりますばい」

と太郎次が宣告した。

「許せぬ。まずこやつら二人を斬れ」

と高畠が攻撃の相手を変更することを告げた。

藤之助がゆっくりと藤源次《とうげんじ》助真《すけざね》を抜いた。

「池添亜紀とやら、それがしは利賀崎六三郎どのと一緒にそなたの許婚茂在宇介どのに不意に斬りかかられたのだ。理由は青二才が伝習所剣術指南に命じられたことに不満を持たれたゆえらしい。それがしは幕臣として命じられた任を受けたに過ぎぬ、また襲撃に際しては、武人として降りかかった火の粉を払ったに過ぎぬ。襲った利賀崎どの茂在どのと襲われたそれがし、どちらに非があるか座光寺藤之助の戦いをとくと見よ」

助真が高々と振り上げられた。

信濃伊那谷山吹《しなのいなだにやまぶき》を所領とする交代寄合《こうたいよりあい》座光寺一族に伝えられた戦国往来の剣術信濃

一傳流《いちでんりゆう》の教えどおりの構えだ。

山吹陣屋からは天竜川の流れが望め、流れの背後には伊那山脈が、さらに背後に一万余尺の白根《しらね》岳《だけ》や赤石《あかいし》山嶺を仰ぎ見ることができた。

信濃一傳流では雄渾な自然に対峙《たいじ》し、自然を圧倒する大きな構えを身に着けることから始められた。

「なんと」

池添亜紀の口から驚きが洩れた。

六尺の身丈の藤之助が剣を構えた瞬間に大きく変じていたからだ。

亜紀もタイ捨流の剣を学んだだけに藤之助の構えの雄大さを見て、息を呑まされていた。

（これからどう展開するか）

驚きはまだ早かった、予測を超えていた。

藤之助は信濃一傳流を会得した後、気宇壮大な構えに自ら創意した秘剣を編み出していた。伝承の剣には構えはあっても実戦の教えが足りぬと感じたからだ。

「天竜暴れ水」

滝音が響く長崎外れの鳴滝塾の庭にこの言葉が洩れた。

信濃伊那谷を夏から秋、野分《のわき》が襲った。

大雨が降り続き、天竜の水位は上がり、奔流する水が巨大な岩場にぶつかって四方八方に砕け散る、その光景に想を得た電撃乱戦の玄妙剣《げんみょうけん》だ。

四人の刺客のうち、正眼の剣を顔前に引き付けた男が動こうとした。位置は藤之助から見て右端だ。

藤之助が呼応するように体の向きをそちらに向けて牽制《けんせい》し、飛んだ。

飛んだ先は右手ではなく左手の、厚みのある剣を右肩に担ぐように構えた長身の刺客に向かってだ。

激流する水が巨大な岩とぶつかり、散った。飛び散った先が長身の刺客の前だった。

敵もまた藤之助の不意打ちの動きに、

「得たり」

と応じようと担いだ剣を飛び込んできた藤之助に振り下ろした。だが、その動きにも増して藤之助の襲来は迅速《じんそく》にして果敢だった。

刺客の剣が藤之助の体を襲おうとするのを掻い潜り、肩口を袈裟《けさ》掛《が》けに斬り付け、そのまま体を移して藤源次助真を横に流しながら二番手の刺客に襲いかかっていた。

胴斬りが決まり、悲鳴が上がった。

刺客は一瞬の裡《うち》に半数を斃され、残された二人に動揺が走った。

藤之助はさらに思い掛けない場所へと身を飛ばしていた。

影目付高畠千右衛門が驚きに身を竦《すく》ませた場所へと跳ね飛び、不意の攻撃に身を後退させようとした高畠の首筋を一気に斬り放った。

げええっ
きりきり舞いして高畠が斃れ、藤之助の巨軀《きょく》は虚空を飛ぶように残った二人の刺客を次々に襲っていた。

嵐が去った。

藤之助が助真に血ぶりをくれた。

最後に襲われた刺客が、
どたり
と斃れた。

戦いから外された池添亜紀と隆之進姉弟は、言葉もなく血の臭いが漂う戦いの場に立ち竦んでいた。

「座光寺様、高畠様方の骸《むくろ》、この世から消すしかございまっせんな」

姉弟暗殺を企てた高畠が四人の刺客を人選したことも、鳴滝に潜む二人を襲うことも、佐賀本藩にも長崎の出先機関、千人番所の了解も取り付けることなく独断で行動したと、藤之助は読んでいた。

五人の刺客が隠密裏に動いた痕跡を綺麗さっぱりと消すには非情だが、

「斃す」

しかないと覚悟を付けていた。

「まあ、こん人方のこつは任せなっせ」

提灯を地面に置いた太郎次がまだ温もりのある刺客の一人を鳴滝塾舎の床下へと引き摺《ず》っていき、隠した。

藤之助も手伝い、五人の亡骸《なきがら》を床下に入れた。

その様子を亜紀と隆之進が未だ茫然自失して見ていた。その手には抜き身があった。

手拭いで手に付いた血を拭った太郎次が、

「さあて、池添亜紀様、隆之進様、そなた様方の今後ば考えんとな。まずたい、その刀ば鞘《さや》に戻しなっせ」

と話しかけた。

第四章　長崎ハタ合戦

一

敵《かたき》を討つべき相手の座《ざ》光寺《こうじ》藤之《とうの》助《すけ》と太《た》郎次《ろうじ》に伴われ、その夜の内に池添《いけぞえ》亜紀《あき》と隆之《たかの》進《しん》は高島家《たかしまけ》に預けられた。

鳴滝《なるたき》から長崎への道々、二人の気持ちは混乱してどう対処すべきか反応できないでいた。特に亜紀は藤之助の秘剣

「天竜暴れ水」

を眼前に見せ付けられ、一挙に闘争心を殺《そ》がれていた。さらに佐賀藩の葉隠《はがくれ》衆死に狂いの曲者《くせもの》らが、

「身内」

であるべき亜紀と隆之進を抹殺《まっさつ》しようとしたことにも衝撃を受けていた。

二人は口を閉ざしたまま高島家の門前に立ち、門番の取次ぎの後、離れ屋に通された。

玲奈《れいな》は南蛮の白い絹の寝巻に白の長衣《ガウン》を羽織《はお》って四人と対面すると格別な事情を察したか、女衆を呼び、温かい飲み物と食べ物を用意させた。

部屋には洋灯《ランタン》が煌々《こうこう》と明るく点《とも》っていた。

池添亜紀と隆之進の姉弟は異国にでもいるような部屋の造りと調度類に圧倒され、沈黙したままだ。

「玲奈様、夜分にすまんこってす。こん二人は佐賀藩の関わりの方でございましてな、池添亜紀様は茂在宇介《しげありうすけ》様の許婚《いいなずけ》でございましたそうな。座光寺藤之助様を仇と思い、長崎に参られたとです」

と太郎次が経緯《いきさつ》を説明した。

玲奈が亜紀を、そして藤之助を見た。

「すまぬ、厄介《やっかい》をかける」

藤之助が詫《わ》び、さらに太郎次が高島家に連れてきた理由を述べた。

「うちに連れて参ろうかと思いましたが、出入りが激しゅうございまっしょ。佐賀藩の態度がはっきりするまでお二人には長崎にじいっと潜んでおられるほうがよか。玲奈様にお願いに参じた次第です」

「惣町《そうまち》乙名《おとな》、池添亜紀様と隆之進様の身柄、お引き受け致します」

と太郎次にあっさりと答えた玲奈が亜紀に向かい、

「亜紀様、お気持ちはお察し申します。ここにおられる座光寺藤之助様をどうしても討ち果たしたければそれも一つの決断にございましょう。この男、逃げも隠れも致しません、玲奈が請合います。お二人の決心が付くまでわが家に逗留《とうりゅう》なされ、気持ちを整理なさるのがよろしいかと思います。いかがですか」

しばし沈思した後、亜紀が首肯《しゅこう》した。

小女が亜紀と隆之進のために白磁の紅茶セットと菓子を運んできた。

玲奈がポットから紅茶をカップに注ぎ、仏蘭西《フランス》国産のブランデーをわずかに垂らして二人の前に供した。紅茶にブランデーが加わり、さらに芳醇《ほうじゅん》な香りを部屋に漂わせた。

「英吉利《イギリス》国が天竺《てんじく》で栽培させた紅茶ですよ、甘いほうがよければ砂糖を自由に入れてお上がり下さいな」

玲奈と亜紀はほぼ同じ年頃と推測された。だが、藤之助の目には玲奈がずっと年上の女に思えた。亜紀は幕藩体制下の考えに育てられた女だった。一方、玲奈は長崎から世界を見てきたのだ。その経験と知識の差が年齢差になって表れていた。

亜紀は男装の自分を明るい光の下で同性の玲奈に晒《さら》すことが恥ずかしいようで、顔を伏せていた。

「姉上」

喉が渇いていたか、隆之進が亜紀を見た。頷《うなず》き返した亜紀が、

「頂戴致す」

と玲奈に言い、紅茶カップを摑《つか》むと口に含んだ。隆之進は一気に紅茶を飲んで、ブランデーに噎《む》せた。

玲奈が隆之進にナプキンを差し出し、

「砂糖を入れたほうが飲み易《やす》いかもしれないわね」

と二人のカップに入れ、銀の匙《さじ》を差し出した。

亜紀が弟のカップをかき混ぜて、

「隆之進、ゆっくりと飲みなされ」

と注意した。

池添隆之進は十七、八歳か。

今度は慎重に口に含み、にっこりと笑った。

「姉上、このような飲み物は初めてじゃ、美味《うま》いぞ」

亜紀も飲んで、弟に頷き返した。

「ビスケットと申す南蛮の焼き菓子です」

二人に勧めたところに最前の小女が赤葡萄酒とグラスを運んできた。

「玲奈様、今晩はちいと遅うございますもん、それに片付けもんがございましてな。遠慮致しまっしょ。わしの分、座光寺様が頂戴なされましょう」

と言うと立ち上がり、鳴滝塾舎の床下に隠した佐賀藩五人の亡骸《なきがら》の始末を藤之助に思い出させた。

玲奈が藤之助に、

「赤《チンタ》がいい、それともブランデーを試してみる」

「玲奈、それがしも次に致そう。お二人のこと、頼む」

藤之助は許婚の敵《かたき》の自分がいつまでも同席するより、この場は玲奈に任せたほうがいいと考えた。

「お好きなように」

玲奈の顔に一抹《いちまつ》の寂しさが漂った。

「玲奈様、ハタの仕度はどげん具合ですな」

と去り際《ぎわ》に太郎次が聞いた。

「江戸町惣町乙名でも見たこともないハタ揚げをご覧に入れるわ」

「楽しみですたい。そんで黒鼠が動き出すとよかがな」

太郎次が笑いかけ、玲奈が、

「藤之助、太郎次様を江戸町まで送ってね」

と言うといつものように藤之助に別れの口付けをした。

紅茶のカップを手にした隆之進が両眼を見開いて二人の様子を見入った。

「これ、隆之進」

と亜紀が注意して頰《ほお》を赤らめた。


「太郎次どの、それがしが斃《たお》した五人だ、手伝う」

江戸町惣町乙名の大きな家の前に戻ってきたとき、鳴滝塾舎の亡骸《なきがら》の始末に触れた。

「座光寺様、長崎んこつは長崎の人間に任せなっせ。うちには人手も大勢ございますもん」

と太郎次が申し出をやんわりと拒んだ。

「ならば頼もう」

と始末を願って伝習所に戻りかけた藤之助に太郎次が、

「髪結いの文次《ぶんじ》に葉っぱを隠すには森へと申されたげな、そん言葉、確かに一理ございますな」

と言った。

「文次どのに長崎に阿片の森はないと言い返されましたぞ」

「大鳥船が福江左吉郎《ふくえさきちろう》らに売り渡したほどの阿片はこん長崎にございまっせん。ばってん、座光寺様が申された言葉がな、こん胸につっかえて仕舞《しも》うてな、どもならんたい」

と苦笑いした。

藤之助は自分が吐《は》いた言葉の意味を考えながら、大波止から伝習所への石段を上がっていった。

翌日の朝稽古《げいこ》が終わった後、藤之助が井戸端で汗を拭っていると酒井栄五郎《さかいえいごろう》が、

「座光寺先生よ、戸町《とまち》番所が少ないな」

と話しかけてきた。辺りには栄五郎しかいなかった。

戸町御番所は佐賀藩千人番所のことである。

「戸町御番所は鎮治の南二十余町江の左にあり寛永《かんえい》十八年（一六四一）肥前州牧従四位侍従藤原忠直旨を蒙《こうむり》て建つ浦の名（戸町浦）を取りて名付く」

と、『長崎名所図会』は建設の経緯《いきさつ》を書く。また、

「西泊《にしどまり》御番所は鎮治の西南二十町ばかり江の右にあり側《そば》の郷を西泊と云故《いうゆえ》に名とす。寛永十八年筑前《ちくぜん》州牧従四位侍従源忠之建つ。大命に因《より》てなり外曲輪《くるわ》二百二十間坪数凡《おおよそ》三千九百坪山に拠《よ》って堡《とりで》をなせり」

とある。つまり戸町、西泊の東西御番所相対《あいたい》して長崎を守護する任務を担ってきたのだ。

藩兵はいつも四、五十人が稽古に通ってきたが、確かにその朝は十数人と数が少なかった。

藤之助もそのことを気にかけていた。そして、高畠千右衛門《たかばたけせんえもん》と刺客を務めた四人の藩兵の行方不明事件となんらか関わりがあるであろうかと考えた。

「千人番所の本分は長崎警護だ。この時節、なにかと多忙ゆえ稽古に出られぬこともあろう」

「長崎になんぞ騒ぎがあるのか」

「さあてな」

と藤之助が曖昧《あいまい》に答えた。

「藤之助、伝習所でな、先輩方がな、カステイラが美味だと噂されておられた。今度おれをカステイラ屋に連れていってくれ」

栄五郎があっさりと話題を変えた。

「それがしが承知なのは福砂屋《ふくさや》だが、それでよいか」

「福砂屋には美人の娘が三人いるというではないか」

藤之助がにやにやと笑う栄五郎を見た。

「いや、これも噂だ。それがしにはなんの下心もないからな」

「機会があれば連れて参る。だが、かえでどの、みずきどの、あやめどのと申される三人は娘御でまだ幼い。栄五郎、よからぬことは考えぬことだ」

「なに、そなた、すでに三姉妹と昵懇《じっこん》か」

「過日、それがしが訪ねたとき、挨拶に見えられたでな」

「ああっ」

と栄五郎が大袈裟《おおげさ》にも天を仰《あお》いで嘆いた。

「座光寺藤之助、そなたばかりがなんでそうもてる。われらは一日の休みとてなく教場で阿蘭陀教官から南蛮お経の拷問《ごうもん》を毎日受けているというのにな」

「栄五郎、能勢隈之助の決断を思え」

「そうだったな。能勢はもう長崎を出たか」

「いや、まだだ」

能勢が長崎を出立《しゆったつ》するためには長崎に流入した阿片を見付け、処分せねばならなかった。黄大人との約定の日限が刻々と迫っていたが、どこに阿片は隠されたか、未だ不明だった。

玲奈はハタ揚げに阿片発見の切っ掛けを掴《つか》もうとしていた。だが、藤之助はハタ揚げがどのような効果を生み出すか、想像できないでいた。

「もう一度くらい能勢と会う機会があるとよいがな」

と言い残した栄五郎が食堂《じきどう》へと走っていった。

栄五郎が消えるのを待っていたように鍋島斉正《なべしまなりまさ》が姿を見せた。

「座光寺先生、お早うござる」

「本日は朝稽古を休まれたようですね」

「千人番所から稽古に来る者も少なかったのではございませんか」

「いかにも少のうございましたな。なんぞございましたか」

「座光寺先生、正直にお尋ね申す。その後、池添亜紀、隆之進姉弟の二人を見かけましたかな」

「いえ、三度目の出会いはございません」

「そうですか」

と鍋島が考え込んだ。

「どうなされた、鍋島様」

「千人番所から五人の藩兵が忽然《こつぜん》と姿を消しましてな、この者たちも池添姉弟の行方を追っておるとの情報が流れておるようです」

「なんのためです」

「さてそれは」

鍋島はその理由を承知か不承知か、藤之助にはさすがに曖昧に答え、首を傾《かし》げつつも言い足した。

「ひょっとしたら、もはや池添姉弟は先生の前に姿を見せぬかもしれませんぞ」

「それは有り難い」

鍋島が藤之助の顔を凝視していたが、

「失礼致す」

と井戸端から姿を消した。

朝餉《あさげ》を食した藤之助が剣術指南の宿舎に戻り、藤源次助真《とうげんじすけざね》の手入れをしていると湊《みなと》の方角から、
おおっ！

というどよめきとともにゆったりとした半鐘の音が響いてきた。

伝習所の中でも騒ぎが起こっていた。

教場で講義が中断されたか、どたばたと大勢の者たちが門外にでも駆け出すような気配が伝わってきた。

「座光寺先生、おるか」

外から栄五郎の声がした。

「外が慌《あわただ》しいがいかが致した」

藤之助は手入れの終わった助真を左手に持ち、縁側を出た。すると酒井栄五郎が興奮の体《てい》で立って、

「湊に英吉利《イギリス》の艦隊が入ったというぞ。授業も中止だ、阿蘭陀《オランダ》人教官も全員が湊に駆

けつけておるわ」
と教えてくれた。
藤之助の脳裏に英吉利国の海軍がいよいよ清《しん》国の次に日本へと狙いを定めたかとい
う考えが浮かんだ。
英吉利が本気で牙を剝《む》けば徳川幕府も風前の灯、清国政府同様に打倒されることに
なる。
「参ろう」
二人は伝習所の門を出ると大波止《おおはと》に走った。すると湊の真ん中に黒々とした鋼鉄の
砲艦四隻が停止し、煙突から煙を吐き続けていた。
長崎奉行所からも出島からも慌しく船が出て、突然入津《にゅうしん》した英吉利海軍の砲艦に漕
ぎ寄せていこうとしていた。
四隻の砲艦は観光丸よりも一回り大きな船体をしており、両舷から黒く輝く砲身が
長崎の町の方角に向けられていた。
「大きいな」
栄五郎が驚愕《きょうがく》の声を上げた。
老陳の黒竜号がはるかに大きかった。だが、清国を破った英吉利海軍の所属砲艦

だ、推進力も砲撃力も強力だと推測された。

大波止では長崎の住人も加わり、大騒ぎが起こっていた。

藤之助と栄五郎はより近くで砲艦を見物しようと人込みを分けた。興奮した大勢の人々が押し合いへし合いして、いつしか藤之助は栄五郎と別れ別れになっていた。

藤之助はテッポンタマへと押しやられていた。石垣の下は波が打ちつける海岸だ。

「座光寺様」

水上から声がかかり、見ると西洋式の造船術を学ぶために豆州戸田《ずしゅうへだ》から長崎に遣《つか》わされた船大工の上田寅吉《うえだとらきち》が艀《はしけ》に乗り、両手で櫂《かい》を立ち漕ぎしていた。

「見物に参りませぬか」

「よいか」

石垣から艀へと藤之助は飛ぶと軽やかに下り立った。藤之助の動きを心得た寅吉がすぐ様《さま》に操船して英吉利海軍砲艦へと向かった。

「寅吉どの、そなたは英吉利の軍艦を見るのは初めてか」

「初めてでございますよ。しかしながら、この長崎に英吉利の軍艦が入るのは初めてではございません。なんでも最初は文化《ぶんか》五年（一八〇八）に、英艦のフェートン号が突然湊に入り、阿蘭陀商館の人間を人質にした事件が出来《しゅったい》したそうです。湊に異国の船を入れたという失態の責めをとられて、長崎奉行の松平図書頭様《まつだいらずしよのかみ》が腹を切られたと聞いております」

藤之助も松平図書頭の切腹は承知していた。

「また二年前の嘉永《かえい》七年（一八五四）には英吉利海軍スターリング司令官が四隻の軍艦を率いて来航し、通商を求めたということでございますよ。大方、此度《こたび》もなんぞ談判に来たのでございましょうな」

と寅吉が説明してくれた。

間近で見上げる英吉利海軍砲艦はなかなか精悍《せいかん》で威圧的であった。

船上には鉄砲を構えた水兵が集まってくる御用船や小舟を警戒し、四隻の旗艦か、一隻の甲板上には阿蘭陀商館員や奉行所の役人通詞《つうじ》たちが乗り組む姿があって、来訪の理由などを尋問していた。

「奉行の川村《かわむら》様も大変じゃな」

「大変は大変でございましょうが、長崎奉行といえどもなんの権限もお持ちではございません。結局江戸に使者を立て、問い合わせることになりましょうな」

上田寅吉は戸田湊でおろしゃの軍艦が台風で難破した騒ぎに絡み、幕府のその場しのぎの外交を真近で見聞していた。それだけにこのような場合、幕臣がいかに無力であるかということを承知していた。

「まあ、これから数日静かにお引取りを願う交渉が繰り返されます」

「寅吉どのの見るところ、騒ぎはないか」

「それはなかろうと思いますな。英吉利国とて無闇に騒ぎは起こしたくございますまい」

と言い切った。

ばたばた

と帆が鳴る音がして、振り向くと高島玲奈の小帆艇《しょうはんてい》レイナ号が寅吉の艀に接近し、舷側《ふなべり》を合わせた。

「高島のお嬢様のお迎えですぞ」

寅吉が笑った。

「寅吉どの、勉強になった」

礼を述べた藤之助は玲奈の小帆艇に乗り移った。

艫《とも》で舵棒を操る玲奈の傍らに座ると玲奈が藤之助に挨拶《あいさつ》の口付けをした。すると砲艦の水兵らが、

わあっ！

という歓声を上げた。

振り向いた玲奈が異国の言葉で言い返すと、水兵たちが驚きの表情を見せて黙り込んだ。

レイナ号はゆっくりと四隻の砲艦の周りを一周した。

「観光丸とこれらの英吉利砲艦ではどちらの火力が強いな、玲奈」

藤之助は念のために聞いた。

「日本では知られてないけど、英吉利と阿蘭陀では国力に大きな差があるの。清国を破った英吉利海軍の力は侮《あなど》れないわ、世界一よ」

と玲奈が藤之助の考えを裏付ける解説をしてくれた。

レイナ号は英吉利砲艦から離れて稲佐に舳先《へさき》を向けた。

二

騒ぎが遠くへと去っていった。

長崎湾を切り裂いて奔《はし》るのは濃緑色の小帆艇レイナ号だけだ。

「姉弟はどうしておる」

藤之助は操船する玲奈の傍《かたわ》らに艫に並ぶように座して顔を向けた。

「戸惑ってどうしてよいか身の置き所もないって感じ、他所《よそ》の土地から見えられた方々が最初に示される長崎への反応よ」

「身に照らせばよう気持ちが分かる」

ほっほっほ
と玲奈が笑い、藤之助の首に片手を巻くと自らの胸へと引き寄せた。

「藤之助が長崎に戸惑ったんですって」

「いかにもさようだ」

「あなたほど長崎に溶け込んだ人物もいないわ。最初から楽しんできたもの」

「そうかのう。当人はこれであれこれと迷うているつもりじゃがな」

「長崎の食べ物をすぐに受け入れ、唐人の酒も南蛮人のチンタも好み、連発式の短銃の扱いですら会得した。隠れきりしたんを認め、異国人の剣を恐れぬ人間を初めて見たわ」

「なにしろ長崎案内人がよいでのう」

「江戸町惣町乙名《そうまちおとな》が付いておられるものね」

「いや、じゃじゃ馬玲奈どのにご指導を仰いでいるでな」

「藤之助、私がじゃじゃ馬なの」

「福砂屋の三姉妹がな、玲奈の気持ちが知りたいそうな。次に二人一緒に福砂屋を訪ねるよう約定させられた」

「あら、かえで様方は私たちのなにが知りたいの」

玲奈が、
ぐいっ
と顔を寄せ、藤之助の顔を覗《のぞ》き込んだ。

「直《じか》に聞かれるがよろしかろう」

「さては幼いかえで様方の気持ちを誑《たぶら》かしたな」

「玲奈、人聞きが悪いぞ。それがしは無垢な娘心を弄《もてあそ》ぶようなことはせぬ」

「わたしのようなじゃじゃ馬なら弄んでもいいの」

「会ったとき以来、座光寺藤之助は反対に玲奈に弄ばれ続けておるわ」

「迷惑なの」

さらに玲奈の顔が寄った。いつもの玲奈のしなやかな肢体から漂う香が藤之助の鼻腔を刺激した。

魅惑的な唇が藤之助の顔の前にあった。

「迷惑なものか、伊那の山猿には得がたき女性《によしよう》よ」

「伊那にだれぞお待ちの方がいるのではないの」

「おらんのう」

と答えた藤之助の脳裏に座光寺家で女中奉公を務める文乃《あやの》の姿が浮かんだ。

突然玲奈の唇が藤之助のそれに押し当てられ、文乃の幻影が消えた。

藤之助の手がいつしか玲奈の首と肩に回されて、二人は互いを強く抱き合った。

長崎は幕府の直轄領《ちよつかつ》、天領であった。鎖国政策をとる徳川幕府が唯一つ認めた異国への窓口だった。

長崎では江戸の動きよりも清国や南蛮、欧米の動きのほうに関心があった。世界が江戸を中心にしたものでないことを知る長崎の女は、どこの土地の女よりも鷹揚《おうよう》で情熱的だった。

玲奈の舌先が藤之助の舌を捉《とら》えた。もはや藤之助の感情は玲奈の甘い舌先を貪《むさぼ》ることに夢中だった。

二人の動きにレイナ号が方向を変えたか、帆がばたばたと鳴った。

玲奈が藤之助から身を離し、舵棒を操作して再び稲佐村へと向け直した。すでに小帆艇は長崎湾を突っ切り、対岸へと接近しようとしていた。

「あの二人を知り合いの家に預けようかと思うの」

「やはり高島家に迷惑をかけたか」

「違うわ。あなたと違って姉弟はあまりにも異なる世界と自分たちの考えに混乱しているの。そこで少し遠くから長崎の町を眺められるところに預けようかと思うの」

しばし考えた藤之助が、

「玲奈の判断に任せる」

と答えたとき、視界に荷蔵が入った。

「あれは会所の蔵か」

「いえ、筑前《ちくぜん》福岡藩の蔵屋敷よ」

「長崎会所は蔵屋敷をいくつも持っていような」

「数え切れないほど無数あるわ。どうしたの」

玲奈が聞いた。

「玲奈、ハタ揚げはいつ行うな」

玲奈の問いには答えず反問した。

「仕度に思わぬ時間がかかったわ。その分、大掛かりになった、地下人も魂消《たまげ》るようなハタ揚げを見せてあげる。明日には仕度がなるわ」

黄武尊大人《こうぶそん》との約定の日限も迫っていた。

「玲奈、隠れ潜む大鼠を驚かせればよいのだ」

「待たせた分、必ず白昼の下に引き出してみせるわ」

「ハタはどこから揚げるのだ」

「藤之助、それは内緒よ。見ての楽しみにしていなさい」

玲奈の両眼が長崎湊《みなと》を取り巻く山並みを見回した。その目が好奇心にきらきらと輝いていた。

「なにか気になるの」

再び玲奈が聞いた。

「両手撃ちの芳造《よしぞう》に阿片《あへん》を喫煙させられた遊女の若葉は、新地荷蔵裏《しんちにくら》のどぶに陶酔の表情を浮かべて浮いていた。なぜ、新地荷蔵の裏手などに若葉は迷い込んだのか」

玲奈が藤之助の顔色を読むように見詰めた。

「新地荷蔵は会所のものだな」

玲奈が頷く。

「若葉は芳造を追って女郎屋を出たと思わぬか」

「芳造は会所と関わりがあるというの」

「一連の阿片騒ぎ、会所のだれかが関わっているとすれば、芳造が若葉と遊んだ後、新地荷蔵にだれかを訪ねたとしてもおかしくあるまい」

「その芳造を若葉さんが尾行したというの」

「太郎次《たろうじ》どのは福江左吉郎、上方の薬種問屋畔魂堂《はんこんどう》主人耀右衛門《ようえもん》の二人の背後にもう一枚仲間がいると見ておられる」

「会所の人間ということね」

「そういうことだ」

しばし考えた玲奈が聞いた。

「阿片を隠した場所が会所の人間が関わりのある蔵屋敷というの」

「そこなれば長崎奉行所も目付屋敷も目が届かぬと思わぬか」

「太郎次様方も見逃す場所ではあるわね」

藤之助の頭に、

「葉っぱを隠すには森へ」

という言葉が響いていた。

三百余貫の阿片を隠す場所があるとしたら、長崎に絶大の権限を持つ会所支配下の蔵屋敷だ。そここそ一番安全な場所とはいえないか。

「藤之助、長崎にいくつ会所が関わりを持つ蔵屋敷があると思っているの」

「玲奈、阿片は蔵屋敷に隠されたが陸揚げはされておるまい。高島家が梅ヶ崎《うめさき》に所有しておられるような、湊に面した蔵屋敷に隠されておる。湊から船ごと出入りできる船がかりを持つ蔵屋敷だけを狙えばよい」

「面白い考えね」

玲奈は軽やかな手付きで縮帆すると小帆艇を稲佐《いなさ》浜の船着場に着けた。

藤之助が先に船着場に飛び、玲奈から舫《もや》い綱《づな》を受け取った。

杭に綱を結び終えたとき、

「座光寺先生、稲佐散策にございますか」

という声が後ろからした。

藤之助が振り向くと、長崎目付役所の探索方飯干十八郎《いいぼしとおはちろう》が小者を従えて立っていた。

「おお、これは飯干どのか」

飯干の額にうっすらと汗が光っていた。

「高島玲奈様、いつもながらお健やかなご様子にて祝着《しゅうちゃく》至極にございます」

隠れきりしたん探索方を拝命する飯干の言葉遣いはあくまで丁重だった。

「飯干様は御用かしら」

「隠れきりしたんめらがな、稲佐で集まりを持つという密告が目付役所に投げ込まれましたでな、夜明け前から海を渡ってみましたが、無駄でございました」

「お役目ご苦労でしたわね」

「われらの勤めは百に一つも実りませぬ、無駄足もまた仕事のうちにござるよ」

笑みで答える玲奈の傍《かたわ》らから藤之助が言った。

「ご存じとは思うが、長崎は英吉利砲艦の突然の来訪に大騒ぎですぞ」

「頭の痛いことが続き申す。川村奉行も大変にございましょうな」

どこに舫われていたか、御用船が船着場に寄ってきて飯干ら一行が乗り組んだ。

反対に玲奈が船から船着場に上がろうとした。

つば広の帽子を手にした玲奈が差し出した藤之助の手にもう一方の手を絡めると、巻衣の裾《すそ》を靡《なび》かせて船着場の藤之助の胸に飛び込むように上陸した。

「今や高島玲奈様と座光寺藤之助様は向かうところ敵なし、長崎一の強力なお二人ですな」

と嘆息した飯干一行を乗せた御用船が船着場を離れた。

「あいつほど強面《こわもて》と柔和そうな顔を使いわける探索方もいないわ。藤之助、気を許しては駄目よ」

「その忠告胸に仕舞《しま》っておこうか」

玲奈は帽子を被《かぶ》ると藤之助の腰に片手を回し、稲佐の集落へ藤之助を誘って上がっていった。浜の茶店から声がかかった。

「玲奈嬢様、時分どきですたい。昼餉《ひるげ》をとっていかれまっせ」

顔見知りか、古びた久留米絣《くるめがすり》を着た老婆が皺くちゃの顔で腰を折り、挨拶を二人に送った。

「えつ、山で食べるわ」

えつと呼ばれた老婆は、

「異国の軍艦ば見下ろしながら食べるち言いなはるか。おけいが喜びまっしょたい。帰りに立ち寄ってつかあさい」

と言い添えた。

「そうする」

玲奈と藤之助は稲佐の集落から稲佐山への山道を上がっていった。

山道の両側には芒《すすき》の穂が陽射しに光り、紅紫色の萩が風に揺れて、赤蜻蛉《あかとんぼ》が飛んでいた。

異人の墓があるという悟真寺の傍らを過ぎると山道は道幅がさらに狭《せば》まった。浜から四半刻《しはんとき》も歩いたか、長崎の湊を一望する稲佐山の中腹に出た。

「なかなかの景観かな」

藤之助が絶句するほどの景色が二人の眼下に広がっていた。

正面には長崎の町が広がり、出島が、長崎西支所が、海軍伝習所が、唐人の寺や諏訪《すわ》神社が望めた。左手に目を移せば、浦上川が湊へと流れ込み、その川を上れば隠れきりしたんの里へと通じることを藤之助は承知していた。

視界を転じて右手に移せば唐人屋敷のある十善寺《じゅうぜんじ》村が広がっていた。さらにその右手、瓢簞《ひょうたん》形に窄《すぼ》まった湊の外に目を向ければ、広大無辺の世界へと繫《つな》がる海が細く曲がって藤之助の視界から消えていた。

湊には四隻の英吉利海軍の砲艦が停泊し、その周りには無数の小舟が群がっていた。

観光丸も唐人船もこの日ばかりは長崎の人々の目には留まらなかった。

「藤之助、あなたを長崎が一番美しく見える場所に連れてきたかったの」

「玲奈、パライソが見えるぞ」

藤之助が霞んでみえる高島家の離れ屋敷、玲奈の住まいを指差した。

「よく覚えていたわね」

「先生がよいでな」

玲奈が振り向き様に藤之助の唇を奪い、

「わたしの生徒もなかなか優秀よ」

と笑みを贈ってくれた。

「玲奈、ちと腹が空いた」

「お待ちなさい」

玲奈が山道を右手に進むと蜜柑畠《みかんばたけ》の中に藁葺《わらぶ》きの大家が見えてきた。その庭からも座敷からも湊が見えた。また庭には鶏が餌を啄《つい》ばんで走り回り、陽だまりで猫が寝ていた。

高島町の玲奈の離れ家も楽園《パライソ》だがこの地もまた長閑《のどか》なパライソだった。

「玲奈嬢様、よう見えられました」

楚々とした女将《おかみ》風の若い女が玲奈を出迎え、玲奈が、

「おけい、伝習所の剣術指南座光寺藤之助様よ」

と引き合わせ、

「おけいはえつ婆の末娘なの、親子して高島家とは古い付き合いだわ。なんぞ困った

ことがあれば、えつとおけいに相談しなさい」

と付け足した。

「玲奈様、座光寺様の偉丈夫ぶりは稲佐でも評判にございます。玲奈様とお気が合うのが一目で分かりました」

「おけい、玲奈が惚《ほ》れた最初の殿御よ」

玲奈の心は正直にも自由に開かれ、その言葉は心地よく爽快《そうかい》に響いた。

「昼餉を馳走して」

「玲奈様、時間はございますか」

「考え事をするの、夕暮れまでお邪魔するわ」

「江戸の方に長崎の田舎料理でようございますか、玲奈様」

「藤之助ならば好き嫌いなしよ」

と答えた玲奈は藤之助を母屋から離れ、蜜柑畑に立つ小さな洋館に案内した。

離れ屋の外観と内側は高島家の玲奈の屋敷とよく似た雰囲気を持っていた。

藤之助は藤源次助真と脇差《わきざし》を抜いて身軽になると長崎湾を見下ろす広い縁側に立った。

玲奈は籐《とう》の椅子に座るとハタ揚げの手順でも考えているのか、沈思した。

時間がゆるゆると流れていく。

日の進み具合で刻々と陰影を変化させる長崎の湊と町がどこか異境の光景のように藤之助には思えた。

再び二人の前に姿を見せたおけいが赤葡萄酒とぎやまんのグラスを運んできて、縁側に置かれた籐の卓に置いた。

「お待たせしたわね」

考えが纏《まと》まったか、玲奈は自らを得心させるように言うと二つのグラスに赤《チンタ》を注《つ》いだ。

二人は目の高さにグラスを上げた。

その様子を嬉《うれ》しそうに見たおけいが母屋に戻っていった。

「わずか一年前、それがしの前にこのような運命《さだめ》が待ち受けていようとは考えもしなかった」

「座光寺家の当主になったこと、それとも長崎に来たこと」

うーむ
と考えた藤之助の口を衝《つ》いたのは、

「玲奈と会ったことじゃな」

という思いがけない返答だった。

「その言葉に嘘はないの」

「虚言を申してどうなるものでもあるまい。そなたと付き合っていると己《おのれ》の心を欺《あざむ》くのが醜いと思うようになった」

グラスが鳴らされ、チンタを口に含んだ。

湾を横切り、稲佐山の中腹まで登ってきた体が火照《ほて》り、喉が渇いていた。

「なんとも美味かな」

この昼下がり、二人はチンタを楽しみ、おけいの手料理を食して幸せな気分となった。

「玲奈、間違いなくわれらはパライソにおるぞ。このような時間がともに過ごせるとはな。なにもかにも忘れて仕舞いそうで怖い」

「藤之助に怖いことがあるの」

「ある。玲奈、そなたにはないか」

不意に玲奈が立ち上がった。

「こちらにいらっしゃいな」

玲奈が藤之助を広い縁側の向こうの隣室に案内した。するとそこにはもう一間、広々とした洋間が広がり、あちらこちらに描きかけの絵が三脚の台に立てかけられていた。それは長崎の光景であったり、出島の景色であったりしたが、明らかに日本画の様式とは異なる手法で描かれていた。

藤之助は一枚の肖像画の前に立った。

美髯《びぜん》を蓄えた異人の男だった。どこか玲奈に似た雰囲気を漂わしていた。

「父上だな」

「母が大事に持っている写真の印象を描いたの。実際の父とは違うかもしれないわ」

部屋の一角に真っ白な布がかかった寝台と寝椅子が配置されていた。

藤之助は別の素描の前で足を止め、胸が高鳴るのを覚えた。

玲奈が描いた自らの裸婦像だ。

「美しい」

藤之助は思わず呟いていた。

「長崎の町に飽きたとき、ここにきて日がな一日絵を描いて過ごすの。私だけの世界よ。これまで誰も伴ったことはない秘密の場所」

「それがしが初めてと申されるか」

「むろん藤之助が初めて」

「なぜか」

玲奈の答えに藤之助が問い直し、玲奈が藤之助を見詰め、唇を寄せた。

それが答えだった。

今まで二人が体験してきた口付けとは比べものにならないほど激しく互いを求め合い、貪《むさぼ》り合った。

「藤之助、あなたのすべてを知りたいの」

喘《あえ》ぎ喘ぎ玲奈がこの言葉を洩《も》らし、

「おれとて同じ気持ちだ、玲奈」

玲奈の体を抱え上げた藤之助は寝台へと運んでいった。

「見せてくれ、絵ではなくそなたのすべてをな」

「藤之助も私にすべてを晒《さら》して」

二人は寝台の傍らで身に纏《まと》っていた衣服を脱いだ。

藤之助は最後に革鞘《ホルダー》の帯を解くとスミス・アンド・ウエッソン社製の三十二口径五連発リボルバーを外した。

振り向くと長崎の海を背景に白い薄物の下着だけの玲奈が光の中に立っていた。

「絵よりもそなたは美しいぞ、玲奈」

玲奈が藤之助に微笑《ほほえ》みかけると最後の下着を自ら剝《は》ぎ取った。

藤之助がこれまで見たこともない玲奈の震える顔が、たおやかな白い肢体があった。そして、その口から、

「デウス様、祝福を」

という言葉が洩れ、藤之助の広い胸に白い裸身をぶつけるように飛び込んできた。

三

朝稽古が終わった刻限、長崎奉行所西支所の門番が、

「面会者が来ている」

と告げてきた。稽古着姿のまま門に出てみると髪結いの文次《ぶんじ》が道具箱を提げて立っていた。

「おおっ、そなたか」

藤之助は門前を避けて石垣の下に寄った。

「姐《あね》さんからの言付けにございます、座光寺様」

「姐さんとな」

「惣町乙名が外に出ておらすたい、そんで姐さんが命じられたとです」

姐さんとは太郎次の内儀《ないぎ》、お麻《あさ》のことかと藤之助は気付かされた。

「申されよ」

「唐人屋敷の黄大人《こうたいじん》から連絡がございましてな、船は明朝に帆を上げるとのことです」

能勢隈之助を乗船させる約束の、呂祥志《ろしょうし》の唐人船だ。ということは阿片を始末するための日時は今日に限られたことになる。すでに船賃は支払ってある、能勢は唐人船に乗船する権利は得ていた。

だが、藤之助には黄大人と約定した、

「阿片の始末」

という難題が残されていた。

黄武尊がなんのために長崎に入った大量の阿片を処分しようとしているのか、真の理由は定かではなかった。だが、男と男が約定した以上、藤之助には約定を履行する義務があった。

「福江左吉郎は動かぬか」

「あやつ、腹が据わっちょりますな、平然としておりますばい」

「当然畔魂堂《はんこんどう》の主も店に姿を見せぬな」

文次は首を横に振り、

「惣町乙名も必死で狩り出そうと手を尽くしておられますたい。ばってん、どうもこれといった手立てがございませんもん」

「残るはハタ揚げじゃな」

「惣町乙名も朝からハタ揚げの仕度に飛び回っておらすたい」

「とうとう太郎次どのも玲奈を手伝う羽目に落ちたか」

「あん嬢様のやらすこったい、ひょっとしたらひょっとせんでもなか」

と呟いた文次が、

「座光寺様、小耳に挟《はさ》んだことがございますばってん、惣町乙名はハタ揚げん仕度で飛び回っておられまっしょ。そんでくさ、座光寺様にお伝え申しますたい」

事態は明日に迫っていた。

「聞こう」

文次は辺りをちらりと窺《うかが》い、念を押した。

「座光寺様はもはや会所の仕組みは分かっておられますな」

「三百年近くも続く長崎会所の詳しい仕組みは未だ分からぬ。高島了悦《りょうえつ》どの方七人の町年寄の下に太郎次どののように惣町乙名、乙名、唐通詞、阿蘭陀通詞ら沢山《たくさん》の地役人がおられて、長崎を動かしておることだけは漠然と分かっておるつもりじゃ」

　頷いた文次が、

「町年寄の下、乙名との間に常行司《じょうぎょうじ》という身分があるのを座光寺様は承知でございますか」

「いや、知らぬ」

「町年寄に不測の事態が生じた折、常行司から町年寄を補充することが多うございましてな、普段は表に出てこん職分ですたい。そん一人に福田孝右衛門《ふくだこうえもん》様と申されるお方がおられます」

「福田どのがどうかなされたか」

「福田家の内所《ないしょ》は決して裕福ではございまっせん。こん家に娘が四人おりましてな、だれもが年頃にございます。長崎じゃあ、娘三人生まれたら、蔵ん中がくさ、空になるというほどたい、祝言を派手に執り行いますもん。福田の姉娘二人が長崎唐通詞の神代《こうじろ》家に、もう一人がたい、大村の名主ん家に嫁ぐことが決まっちょりましたがな、なかなか仕度がやおいかん、苦労しておったとです。それがたい、築町《つきまち》の呉服屋の番頭ば家に呼びつけてくさ、注文のし直しをしたげな。二人の衣装代だけでん、二、三百両は下らんと番頭がちょろっとこん文次に洩らしたとです」

文次が言う意味を藤之助はようやく理解した。

「常行司ならば会所の蔵屋敷は自由に出入りできような」

「それはできまっしょ」

「文次どの、福田の家はどこかな」

「乗り込まれますな、ご案内ばしまっしょ」

文次が勢い込んだ。

「しばし待ってくれ。着替えて参る」

藤之助は伝習所の教授方の宿舎に走り戻り、稽古着を脱ぎ捨て、素肌にリボルバーの革鞘《ホルダー》を吊《つ》るし、普段着を着込んだ。さらに腰に藤源次助真と脇差《わきざし》を帯びた。

助真は伊那谷を出る折、父の定兼《さだかね》が、

「藤之助、備前《びぜん》国から相州《そうしゅう》鎌倉《かまくら》に呼ばれ、鎌倉一文字《いちもんじ》派を興された助真どの鍛造の一剣だ。そなたは力持ちゆえ刃渡り二尺六寸五分の藤源次助真を十分に使いこなせよう」

と蔵から出してきた伝来のものだ。

脇差は江戸に出て、家老の引田より与えられた座光寺家四代目の喜兵衛《きへえ》為治《ためはる》が自ら

鍛造した、

「長治《おさはる》」

である。

大小を差して藤之助の気持ちが引き締まった。

「よし」

藤之助は急ぎ門前に戻った。

常行司福田孝右衛門家は長崎の町が発祥した六町内分知《ぶんち》町《まち》、今は外浦町《ほかうらまち》と名を変えた一角にあった。

敷地はそれなりに広いものだが、門も塀も手入れがだいぶされていないらしく傷んでいた。

「文次どの、どこぞで待っておられよ」

心得た文次が道具箱を鳴らして姿を消した。

「御免《ごめん》」

と門を潜《くぐ》ると式台のある玄関に羽織の男がどこかに出かける様子で立っていた。

「主《あるじ》の孝右衛門どのはおられようか」

「私が福田孝右衛門にございます。どなた様にございますな」

四十六、七か。すらりとした長身、目付きの鋭い男だった。
「伝習所剣術指南座光寺藤之助にござる。常行司の孝右衛門どのとは掛け違い、お目にかかったことがなかったことをな、この門前を通りかかって思い出したゆえ、ご挨拶に伺《うかが》った」

「それはそれは、ご丁寧なことにござりますな」

孝右衛門の顔に不審の表情が漂い、直《す》ぐに笑みへと変わった。

「座光寺様の噂は長崎じゅうが承知しておりますもん、相撲興行の諏訪《すわ》神社でも話が飛んでおりました。座光寺様は一人で、佐賀藩の葉隠者《はがくれもの》の斬り込みをきりきり舞いさせてくさ、打倒したげな。こん長崎では話が針小棒大になるのが常でございますがな、こうして座光寺様の偉丈夫ぶりに接して、ようわかりましたもん」

「孝右衛門どの、そなたが申されるとおりに、ありもせぬ話が独り歩きして困惑しておる」

と答えた藤之助が、

「噂といえばご当家には見目麗《みめうるわ》しい年頃の娘御が四人もおられ、近々お二人の祝言が晴れやかに行われるとか、祝着至極にござる」

「おや、座光寺様のお耳にもそのような話が入りましたか。晴れやかにもなにも貧乏常行司ですたい、一丁前の祝言もしてやれん甲斐性《かいしょう》なしの父親《ておや》にございますもん」

「なんのなんの、簗町の呉服屋で京友禅、博多の帯となかなか見事な嫁入り仕度を注文なされたようだ。羨《うらや》ましきかぎりにござる」

鋭くも尖《とが》った眼光の孝右衛門が藤之助を睨《にら》み据《す》え、警戒と恐怖が綯《な》い交《ま》ぜになった感情が双眸《そうぼう》に走った。

「おおっ、ついお喋りをしてしもうた。許されよ、主どの」

「座光寺様、用事はそれだけで」

「用などあるものか、挨拶じゃ挨拶じゃ」

と笑った藤之助は踵《きびす》を返して門に向かった。

その背にいつまでも険しい視線が張り付いているのを意識した藤之助は、さっさと外浦町を離れた。するとどこからともなく文次が姿を見せた。

「文次どの、常行司どのにぴたりと張り付いて下され」

「承知しました」

「それがし、太郎次どのの家にて待機致す」

頷いた文次が再び路地へと姿を消した。

江戸町の惣町乙名の家はいつもと違い、人気《ひとけ》がなかった。

「座光寺様、行き違いやろか。文次ば使いに立てたとやが」

「お内儀、文次どのとは会いましてな、勝手ながらこちらの奉公人を使い立てしてお る。それがしはこちらで待機する約定でござる、玄関先を拝借させてくれぬか」

「座光寺様、奥に通りなっせ。もうそろそろ昼時分にございますたい、素麺《そうめん》ば茹《ゆ》でよ うかと考えておるとこでした、からし醬油の長崎素麵ば賞味してつかあさい」

と藤之助は中庭に面した奥へと通された。

百坪ほどの庭には秋の陽射しが降り注ぎ、穏やかな時間が流れている。

縁側の軒に大きな鳥籠が吊るされ、羽冠の極彩色の鳥が止まり木に止まって藤之助 を見た。

初めて見る鳥が、

「ヨウイラッシャイマシタナ」

と人の言葉を喋り、藤之助を驚かした。

「初めん人はこやつに驚かされますもんな。南洋から運ばれてきたオウムちゅう鳥で すもん」

お麻が茶を運んできて説明してくれた。

「人の言葉を理解するのでござるか」

「分かっちょるかどうか、人真似ば致しますたい」

お麻の言葉に応じるようにオウムが、

「アネサン、チャバクダサイ」

と喋った。

「せからしかね、人が喋るときは黙っちょり」

「ゴメンゴメン」

「憎らしい鳥ばい」

お麻が呆《あき》れてその場を離れた。

藤之助は縁側の柱に背を凭《もた》せかけ、茶を喫していたが、このところの寝不足につい眠りに落ちた。

「座光寺様、素麺が出来ましたばい」

お麻の声に、

「うっかりと眠り込んで仕舞い、失礼を致した」

「座光寺様、いくらお若いとはいいなさってもたい、夜鍋までして駆け回《も》うては体が持たん。素麺食うたら少し横になんなっせ、今晩はどうせ徹夜んごとある」

と江戸町惣町乙名の大所帯を切り盛りするお麻が言った。

「頂戴致す」

からし醤油の素麵は藤之助も初めての経験だった。風味が爽《さわ》やかでなんとも長崎らしい食べ物と賞味した。

その間にお麻が枕と薄掛けを用意してくれた。

「ちと厚かましいが昼寝をさせて頂こう」

オウムに断ると居間で横になった。

人の気配に藤之助が目を覚ますと足音がして、文次が姿を見せた。

「動きましたばい、座光寺様」

「ほう、常行司どのはどちらに参られたな」

「飽《あく》ノ浦《うら》に会所の蔵屋敷がありますがな、ここば舟で訪ねられました」

「蔵屋敷には湊から直に屋敷内に入れるな」

「へえ、ばってん、向こう岸でございまっしょうが、そんでここんとこ使われておりまっせんもん」

「面白いな」

としばし思案した藤之助は、

「太郎次どのに会い、この次第告げてくれぬか」

と新たな命を発した。

「その他に口上はございますか」

「玲奈どのにな、こう言付けしてくれぬか」

藤之助は文次に耳打ちした。

藤之助が江戸町惣町乙名の家を辞去したのは、八つ半（午後三時）の頃合だった。

足を向けたのは賑町《にぎわいまち》の薬種問屋福江左吉郎の家を監視する見張り所だ。ここでは三人の若い衆が交代で昼夜の別なく見張りに就いていた。

「座光寺様、全く動きがございませんばい」

若い衆の頭分風助《ふうすけ》がうんざりとした顔を向けた。

「ならばこちらから仕掛けようか」

「どうしなさるとですか」

太郎次の家で書いてきた結び文を差し出し、

「これをな、近くの子供に頼んであの店に届けさせてくれぬか。そなたが届けては福江左吉郎が警戒しようでな」

「最後の仕掛けにございますか」

「阿片を隠した場所はおよそ見当が付いた。そこへな、福江左吉郎を呼び出すのだ」

風助が飲み込み、巾着《きんちゃく》から小銭を出すと見張り所から消えた。

その姿が通りに現れ、一旦《いったん》中島川の方角へ消えた。しばらくすると背に荷を負った小僧が藤之助の視界に現れ、薬種問屋の福江左吉郎の店に入っていった。

「からすみ屋の小僧の竹松《たけまつ》ですたい。あん小僧ならうまくやりまっしょ。大人を手玉にとるほど利口者ですもん」

と若い衆が藤之助に説明した。

竹松は直ぐには店から出てこなかった。

「あれこれと尋ねてますぜ」

西に傾いた光の中に小僧がようやく姿を見せ、藤之助らの視界から消えた。

その直後、風助は見張り所に戻ってきた。

じりじりとした時が流れて、往来を歩く人の影が長く伸びた。

風が出てきたか、砂埃《すなぼこり》が巻き上がった。

わあっ！

というどよめきにも似た歓声が町のあちらこちらから響いた。

「ハタが揚がっとるばい」

通りから興奮した声が聞こえてきた。

「季節外れのハタたいね、だいがなんのために揚げとるかね」

「風頭山《かざがしらやま》やね」

「一つやが大きなハタばい」

「百文より大きかね」

ハタは縦の竹骨に一文銭を並べてその長さで十二文、二十四文、三十文、三十二文、四十文、半ヌキの五十文、六十四文、八十文、百文と大きさが分かれていた。

「あいは百二十文はあろうかな」

「なんにしても途方もなかハタたいね」

「への字ちゃ描いてなかね」

「紅で大きくへの一文字たい。珍しかね」

「ヨマが景気よう唸《うな》りよるばいね」

藤之助らには見えなかったが往来を行き交う人々が空を見上げて、大声で言い合った。

若い衆二人もそわそわと尻が落ち着かなくなった。

長崎人がハタと聞いては落ち着いた尻もむずむずと痒《かゆ》くなる。

「もうしばらくの辛抱だ。必ず動くで目を離すでないぞ」

「へえっ」

と返答したが心ここにあらずの風情だ。

新たなどよめきが起こった。

「金比羅山《こんぴらさん》からも上がったばい」

「あいも二百文はありそうなハタたい」

「魂消《たまげ》てしもうた」

「ンの字のハタな」

「確かに字文字のハタばっかりたいね」

ハタの模様は色切餅《きりもち》、二重奴《やっこ》、山星、三つ鱗《うろこ》、三つ星、紅丹後《たんご》、肩日、落ち松葉、巴《ともえ》にがんぎり、滝織縞、井桁《いげた》に蝙蝠《こうもり》、桜、結千鳥、瓢簞《ひょうたん》、蔵ん鍵、帆《ほ》かけなど無数あった。

むろん字文字もあったが、アやへは珍しかった。

「おおっ、城山から揚がったばい」

「今度はアの字んハタたいね」

「ンヘア、なんの意味な」

そのとき、福江左吉郎の姿が通りに出てきて空を見上げた。

「動いた、とうとう動きよったばい」

と若い衆が洩《も》らし、立ち上がった。

四

賑町の店を出た福江左吉郎は中島川に架かる万橋を渡り、左岸の河岸道を海に向かって下りながら空を見上げ、胸中の不安を隠し切れないでいた。

その後を藤之助、風助ら見張りをしていた若い衆が川の両岸に分かれて尾行していった。

藤之助の傍らには風助が従った。

「風助どの、福江左吉郎は湊を舟で渡るやもしれぬ」

藤之助に聞かされた風助は仲間の一人を呼び付けて、湊に先行させた。むろん舟を用意するためだ。

今や空は長崎の湊を囲む山々や城址から揚げられた大小のハタに埋め尽くされ、ヨマが互いに競い合うように唸っていた。そして、すでにヨマを伸ばして戦いを挑むハ

タもいた。これを長崎では、

「つぶらかし」

といった。

つぶらかしの語源はつるはかしといわれ、身代潰《つぶ》らかすと混同する者もいて、ハタ揚げは贅《ぜい》を尽くして財を潰すことだと思われていた。

そんな意気込みをハタの揚がり具合とヨマの唸り声に託して、ハタがヨマを伸ばして喧嘩《けんか》に挑んだ。

ビードロヨマが伸びて、別のハタに絡んだ。だが、このハタのヨマは針金ヨマでビードロよりも強かった。

「ああっ、ビードロが落ちよるばい」

「無謀じゃ、針金に敵《かな》うもんね」

「みちゃらんね、新手が現れたたい」

「おおっ、針金ビードロヨマたいね。喧嘩にならんばい」

針金ヨマより針金ビードロヨマが更《さら》に強力だった。

「いいや、あん針金なかなかやりおらす」

両岸に出て空を見上げる人々の口から言葉が洩れ、藤之助の耳に入ってきた。

「座光寺様、どんなものやろ、長崎ハタはたい」

風助が得意げに聞いた。

「玲奈どのから聞いたときはなんだ子供騙《だま》しかと思うたが、これは一大の奇観、見物《みもの》であるな。驚いたわ」

「そうでございまっしょ。ほれほれ、あん米崩しはハタがよか、半斤は他より揚がりがよかたいね」

米崩しは×《ばってん》の間に四つの赤丸が入れられた意匠だ。

風助は前方をいく福江左吉郎に目を配りながらも、

「ヨマの長さは斤が標準ですもん」

と説明してくれた。

「斤目とな」

「へえっ、半斤玉は三千三百間ですもん」

「なに、三千三百間の長さとな、大袈裟《おおげさ》ではないか」

「座光寺様、長崎では実測八間を百間と称しますもん。半斤玉の実際は二百六十四間の長さのヨマということですたい。長崎者は景気がよかことならば白髪三千丈と同じでくさ、大仰を言うとです」

ヨマは半斤目ごとにつなぎを入れて、長さを伸ばしていくという。

「このつなぎをくさ、半斤ぶしと呼びましてな、つぶらかしにいくときはたい、こん半斤ぶしば狙います」

「いやはや驚きいった熱の入れ方じゃな」

すでに長崎の空じゅうが、
ぶーんぶーうん
と唸り声を上げていた。

「稲佐の山から風もらお、いんま（おっつけ）風もどそ」

と歌う子供の声が響いた。

福江左吉郎は中島川の河口にくると船着場に下りていった。そこには小舟が舫《もや》われていて、左吉郎は自ら舫い綱を解いて小舟に乗り込んだ。

だが、藤之助らが乗るべき舟はまだ姿を見せていなかった。

「逃げられるばい」

と風助が慌《あわ》てた。

「風助どの、行く先は見当ついておる」

と藤之助が風助に言ったとき、西洋式の櫂を立ち漕《こ》ぎする艀が寄ってきた。

「座光寺様、ハタ見物ですかえ」

言わずとしれた西洋式の造船術を修得するために幕府から長崎に派遣されてきた豆州戸田村の船大工の上田寅吉だ。

「寅吉どの、救いの神じゃぞ。乗せてくれぬか」

「乗りなっせ」

寅吉が器用にも艀を藤之助らが立つ河口の岸に寄せた。

藤之助が艀へと軽々と飛び、風助がもう一人の仲間に何事か命じて藤之助に続いた。舟を用意しに走った仲間への連絡に残したのだ。

艀が岸を離れ、舳先《へさき》を巡らした。

「寅吉どの、あの小舟を追ってくれぬか」

出島の端を回り、湊に出て行こうとしていた福江左吉郎の小舟を指した。

「合点です」

寅吉は二本の櫂を大きく漕いで船足を上げた。

艀の真ん中に腰を下ろした藤之助の目に英吉利海軍の四隻の砲艦の乗組員が大騒ぎしている光景が飛び込んできた。

艦長から水兵まで全員が空を見上げて、大声で叫び合っているのだ。中には双眼鏡を目に当てて見ている士官もいた。

藤之助も空を見上げて、さらにハタが増えていることに気付かされた。白地に赤、黒、青などの塗料を使い、大胆な意匠で描かれたハタの文様が空を埋めて蝙蝠のように右に左に上に下にと移動しつつ飛び交っていた。

碁盤、月の輪、二つ枕、色替わり三重ん縞、波に千鳥、笹の葉、枡《ます》、鍋かぶり、竪棒に片眼鏡、可祝《かしく》、田楽、引両《ひきりよう》、と数え上げればきりがない文様が交錯し舞っていた。

これらの意匠は長崎伝統のものばかりか、南蛮から伝わった絵模様が長崎風に崩されて取り入れられ、さらには唐人の模様の影響を受けたハタの意匠もあって、実に多彩だった。ハタはその昔、崑崙《こんろん》から出島に連れてこられた小者が伝えたともいわれる。原色の意匠はそのせいだろうか。

藤之助は異国にいるような錯覚を感じていた。

興奮したか、英吉利海軍の砲艦が空砲を撃ち、楽隊が英吉利の調べを演奏しハタ揚げに応えた。それがまた一層《いっそう》ハタ揚げに景気を付け加え、長崎じゅうが興奮の坩堝《るつぼ》と化そうとしていた。

唐人屋敷からペーロン船が漕ぎ出されて、銅鑼《どら》太鼓鉦《かね》笛を奏して大騒ぎに採りを加えた。

風がハタ揚げに都合よく舞うのか、湊を囲む風頭山も金比羅山も合戦場も准胝観音《じゅんていかんのん》も古城址《こじょうし》も湊に向かってハタを揚げていた。

福江左吉郎の小舟の半丁ほど後ろをぴたりと寅吉の艀がいく。すでに二隻は湊の真ん中に出ていた。

いつの間にか日が傾き、夕暮れの刻限となっていた。

だが、空を舞う大小のハタには橙《だいだい》色に染まった光が当たり、一層怪奇にも幻想にも演出していた。

「座光寺様、あの小舟、どこに行くつもりですな」

「寅吉どの、飽ノ浦にある会所の蔵屋敷に小舟は向かっておるのだ」

「ほう、それはそれは」

更に日が落ちたか、日没の光は橙色から茜《あかね》色へと変じていた。

藤之助は空を見上げた。

何百ものハタの上空に一際《ひときわ》大きな三つのハタが雄渾にも遊弋《ゆうよく》しているのを見ていた。それらは最初に揚げられた二百文の大ハタで、それぞれに、ン、ア、へと一文字ずつが赤字で描かれていた。だが、三つの文字がばらばらに飛び交い、それが、

「アヘン」

と警告の言葉であることに気付かされた人は多くはなかった。

「座光寺様、玲奈様が見えられましたばい」

舳先に座した風助が小帆艇の帆の鳴る音を聞き付け、湊の一角を指した。

風を孕《はら》んだ三角の帆が巧みな操船で寅吉の艀に接近してきた。

縮帆され、舵《かじ》棒が切られて、艀の後方からレイナ号が近付いてきた。

「藤之助、お乗りなさい」

藤之助は藤源次助真を手に、

「寅吉どの、造作《ぞうさ》に与《あずか》った。風助どの、艀の行き先は飽ノ浦の蔵屋敷じゃぞ」

と言い残すと、
ひらり
とレイナ号に飛んだ。

帆が上がり、風を受けた。

レイナ号が水澄ましのように滑り出して寅吉の艀から離れていく。

「玲奈、そなたの腕前に感服致した」

藤之助は空を見上げた。

「ここにいらっしゃいな」

玲奈が自らの傍らを指した。

藤之助が艫《とも》のいつもの場に座った。すると玲奈が、

「ハタがどんなものか分かった、藤之助」

「よう分かったぞ、そなたの企みがな」

藤之助は上空を見上げた。

湊の上空では三文字の大ハタが大きく離れて、舞っていた。

「あれだけのハタを揚げるには、どんな名人でも技と同時に腕力《うでりき》もいるのよ。ともあれ、吉と出るか、凶と出るか」

「玲奈、そなたの狙いは当たった。必ず三匹の黒鼠は慌てて逃げ出すに相違ない」

「そう思う」

藤之助が玲奈の体を引き寄せ、

「間違いなか」

と長崎弁で応えた。

玲奈が顔を寄せて藤之助の唇を求めた。

「ご苦労であったな」

徹夜して走り回ったであろう、玲奈の体からいつもの芳しい香と汗の匂いが漂ってきた。
二つの唇が重ねられ、二人は互いを貪り合うように求め合った。
すとん
と日が山の端《は》に落ちた。
上空に飛ぶハタだけに濁った残照があたっていた。
そんな中、十二文の子供ハタはヨマが巻き取られて高度を下げていた。
長崎の町のあちらこちらから時ならぬハタ揚げの競演に溜息と歓声と拍手が起こ
り、子供ハタに続いて大人のハタも下ろされ始めた。
英吉利海軍の演奏も唐人の銅鑼の音も消えていた。
「藤之助、常行司の福田孝右衛門が阿片の密輸に一枚嚙《か》んでおったとはっきりすれ
ば、長崎会所じゅうが煮《に》え滾《たぎ》った油の大鍋をひっくり返したような騒ぎになるわ」
「長崎では娘が三人あると身上が潰れるそうな、福田家は四人娘だったな」
「藤之助、それは確かよ。娘が四人だろうが六人だろうが普段から節約してその日に
備えるのが長崎人の隠された美徳なの。ハタを揚げるためには内所がしっかりとして
いないと揚がるハタも揚がらないわ」

「そうであろうな」

福江左吉郎が漕ぐ小舟は長崎の湊を横断し、飽ノ浦にある長崎会所の蔵屋敷へと接近していこうとしていた。

「福田家の娘たちが可哀想ね」

「どうなる」

「会所から追放されることは確かね。確か姉娘は唐通詞の家に嫁にいくことが決まっているそうだけど、破談になると思うわ」

「娘に罪科《つみとが》はないのだがな」

「会所は一心同体、会所の意に反した身内を受け入れることはできないの。そんな厳しい決まりがあるからこそ、長崎会所は二百年以上も数々の難儀を乗り越えて続いてきたのよ」

玲奈は福江左吉郎の小舟が蔵屋敷へと没していくのを見届けると、レイナ号を大きく回転させた。

いつの間にか、半数のハタが高度を下げ、揚げ方の手に回収されようとしていた。

長崎の町からはハタ揚げの名残を惜しむ声が洩れて、それらが一緒になり、大きな溜息が下りてくるハタを出迎えた。

長崎に薄闇が訪れた。

英吉利海軍の砲艦に明かりが点《とも》り、空に舞っていたハタの数がさらに少なくなっ
「藤之助、いよいよ大鼠を追い出すわ」

玲奈がそう言うと油紙に包まれた荷を解いた。すると筒状のものに棒がついたもの
が何本も姿を見せた。舵棒を藤之助に預けた玲奈が、

「南蛮花火よ」

と言うと足元に置かれていた種火を摑《つか》んだ。

片手に南蛮花火の棒を軽く保持した玲奈は微光がかすかに残る空を見上げた。

今や空には三つの大ハタしか飛んでいなかった。最初に揚がった、

「ン」「ヘ」「ア」

の三文字が描かれたハタだ。

「玲奈、なにを見せてくれるのだ」

「見てのお楽しみよ」

筒の下から出た花火の導火線に種火を点けた。すると夕闇の中に、
ぱちぱち

と音を立てて火が付き、それが南蛮花火の本体へと移動していった。

しゅっ
と発射音がして、玲奈の手を離れ、南蛮花火が大空へと火閃《かせん》を放って上昇していった。

南蛮花火が夜空に変わる直前の虚空を切り裂いて高空に到達すると、
ぱーん
という破裂音を響かせた。

それが合図か、残っていた大ハタ三枚が一点に向かって移動していった。

「おおっ、最後のハタ合戦ばい」

「針金ビードロと針金ビードロの三筋の大ヨマの絡み合いたい」

「こいは見物たい」

「おっ、アん字がへん字に仕掛けたよったばい」

「ヨマが絡んだばい」

海を伝ってそんな声が藤之助の下へと聞こえてきた。

今や上空では最後の死闘が行われようとしていた。

四つに組んだアとへの字に上空からンの字が襲いかかった。

三つのヨマが絡み合い、
ぎしぎし
と鳴った。
大ハタは最後の死力を尽くして相手を潰しにかかっていた。だが、三つのハタは一歩も引くことなく大勝負を展開していた。
藤之助は知らなかったが、風頭山と金比羅山から揚げられた大ハタには江戸町惣町乙名の椚田太郎次らに指揮された、数多くのハタ名人が技と経験と勘を使い分けて参加し、一進一退の攻防を繰り広げていたのだ。
数日に亘《わた》って大ハタ合戦を挙行する、長崎会所の結束の強さであり、力だった。
藤之助は玲奈が新しい南蛮花火を手にして導火線に火を点けたのを見た。それは最前のものより一回り大きかった。
二発目の南蛮花火が、
しゅるしゅる
と音を響かせて夜空に上がった。
「藤之助、これが最後の見物よ」
玲奈の上げた南蛮花火は高みに達すると爆発した。だが、二番目の花火はそこから八方に火花を放って広がり、大輪の花を夜空に咲かせるとその一つが絡み合った大ハタに飛び散った。

「ハタが燃え上がったぞ！」

暗闇の海上に驚きの声が走った。

夜空の大ハタが燃え上がり、ゆっくりと落下を始めた。そのせいで長崎の海が炎に染まった。

藤之助は炎上する三つの大ハタが落下する先が飽ノ浦に長崎会所が所有する蔵屋敷と推測した。

ゆらりゆらり
と大ハタが舞いながら高度を下げて、藤之助の予測したとおりに蔵屋敷の敷地へと落下し、一瞬大きく燃え上がった後に消えた。

長崎は思いもかけない喧騒から静寂の時へ変わった。

光から闇の刻限へと変じた。

「さて、鬼が出るか蛇《じゃ》が出るか」

藤之助が呟いた。

玲奈が藤之助の胸に顔を埋めた。

蔵屋敷は沈黙を保っていた。その静寂はいつまでも続くように思えた。

藤之助の胸で玲奈が寝息を立て始めた。

どれほど時が経過したか、蔵屋敷の船がかりの水門の扉が、
ぎいっ
と音を立てて開き、小舟がまず姿を見せた。

二つの人影が福江左吉郎と福田孝右衛門だと藤之助は見当を付け、

「玲奈、鼠が二匹姿を見せたぞ」

と呼びかけると玲奈が目を覚まし、帆を上げた。獲物を狙う鮫《さめ》のように小帆艇レイナ号が静かに追走を開始した。

第五章　稲佐《いなさ》の女

一

福江《ふくえ》左《さ》吉郎《きちろう》は闇に紛《まぎ》れながらも必死で櫓《ろ》を漕《こ》いでいた。櫓を漕ぐ動作にそれが現れていた。

福田《ふくだ》孝《こう》右衛《え》門《もん》は身動《みじろ》ぎもせず舟の胴中に座っていた。

二人の反応は対照的だが、玲奈《れいな》が仕掛けたハタ揚げは二人に驚天動地ほどの恐怖を与えたのは明らかだった。

玲奈の操船する小帆艇《しょうはんてい》はすぐその後方に迫っていたが、二人には辺りを見回す余裕はなかった。

「左吉郎さん、伝習所の剣術指南が不意にうちにやってきたとき、どうすればよかったち言いなはるか」

孝右衛門の声が震えて抗議した。

「何度言わせなさるとな、あんたがたい、泰然自若《じじゃく》としとらんき、こげんど壺《つぼ》に嵌《はま》るような目に遭《お》うたい」

「そげんこと言いなはるばってん、あんたかて偽《にせ》の文に踊らされて蔵屋敷に駆けつけてきなはったろうもん」

「常行司《じょうぎょうじ》、こげんこつばいくら繰り返してんどうもならん。とにかくたい、畔魂堂《はんこんどう》さんがくさ、荷ば積んで長崎を無事に出られることば祈るしかございまっせんたい」

「しくじったらどうなるやろか」

「常行司福田孝右衛門ば会所が捕まえてくさ、奉行所より先にたい、裁きまっしょうな」

「町年寄《まちどしより》になんちしても出世すればくさ、こげん目にも遭《あ》いまっせん」

「孝右衛門さんは考えが甘かごとある」

「そう言うあんたはどうなるな」

福江左吉郎はしばらく沈黙していたが、

「だいがあんハタば揚げてくさ、うちらが蔵屋敷に隠した阿片《あへん》ば承知しちょるち警告したかが問題たいね」

　と矛先を転じた。

「そりゃ、伝習所の剣術指南やろうもん」

「孝右衛門さん、他所者《よそもん》一人でしきる業《わざ》じゃなかろうが。あげんハタ揚げば見たことあんなさるか」

「なか、一遍《いっぺん》たりとも見たことなか」

「座光寺藤之助という江戸者はたい、高島了悦《たかしまりょうえつ》様の孫娘と仲がよかろうが」

「福江左吉郎さん、あんたは筆頭町年寄の了悦さんが糸を引いてハタ揚げばやっなはったと言いなはるか」

「そう考えたほうが得心できろもん」

　二人の間に重苦しい沈黙が支配した。

「糞ったれたいね、町年寄の出世も祝言もそいどころじゃなか。こっちの首が繋《つな》がるかどうか。そいもこいも福江左吉郎さん、ああたがこげん騒ぎに引きずりこみなはったからたい。恨みに思いますばい」

　福田孝右衛門の泣くような声がした。

　福江左吉郎は答えない。

「なんか言いなはらんね」

「腹が決まりました」

「腹が決まったち、なんのことね」

福江左吉郎が櫓を離した。

小舟の舟足が落ちた。

「な、なんばしなはると」

福田孝右衛門の驚きの声がして胴の中で中腰に立った。

藤之助は福江左吉郎の手に連発短銃が構えられているのを見た。

「常行司福田孝右衛門ばくさ、始末して、私は福江島《ふくえしま》に高飛びすることに決めました。あんたが行方ば絶ちなはるならば、会所はまずあんたを捜しまっしょもん。家財を畳む数日の猶予《ゆうよ》が生まれまっしょう」

「あんたという人は」

悲鳴に近い声に藤之助は脇の下のリボルバーを引き出そうとした。だが、傍《かたわ》らの玲奈が決闘用の射撃銃をすでに構えて、

「福江左吉郎、悪党の風上にもおけん男たいね」

と長崎弁で呼びかけた。

ぎくり
とした左吉郎が振り向き、

「あああっ」

という悲鳴を上げた。

「やっぱ玲奈様の仕掛けやったとね」

「長崎会所もすでに悪事は把握しているわ」

闇の中からもう一隻、会所の御用船が接近してきて提灯《ちょうちん》に明かりを点《とも》した。明かりの中に江戸町惣町乙名《そうまちおとな》、椚田太郎次《くぬぎだたろうじ》の厳しい立ち姿が浮かび上がった。

「常行司福田孝右衛門、薬種《やくしゅ》問屋福江左吉郎、もはや逃れられぬところたい。あんたらも長崎者やろ、身の処し方は承知じゃろね」

と凜然とした言葉が飛んだ。

左吉郎の構えた連発短銃の銃口が玲奈と藤之助から太郎次に向けられ、再び玲奈に戻ってきた。

そのとき、藤之助は湾の外から急接近する小型快速船の影を認めた。間合いは未だ数丁あったが、見る見る間を縮めてきた。ペーロン船のように両舷から何本もの櫂《かい》が突き出されて、目まぐるしく回転していた。

和船ではなく唐人船だ。

小型快速船の漕ぎ手も乗り手も船底に伏せているのか、人影が認められなかった。

「太郎次どの、怪しげな唐人船が接近中じゃぞ、気をつけなされ」

一瞬左吉郎の全身に喜びが走った。

藤之助は火薬の臭いを嗅《か》いだように思えた。

快速船に人影が立ち上がった。

一人は唐人の偉丈夫廷竜尖《ていりゅうせん》だ。そして、今一人は着流しの和人の、両手撃ちの芳造《よしぞう》だ。

二人が再び船底にしゃがみ、両耳を両手で塞《ふさ》いだ。

ずずーん！

腹に響く臼砲《きゅうほう》の砲撃音が響いて、砲弾が夜空に弧を描いた。

藤之助は玲奈の体を抱え込むように身を投げた。玲奈も、

「藤之助」

と呼びながら胸に縋《すが》った。

しゅるしゅるしゅる

夜空に射角をつけて飛んだ砲弾が福江左吉郎と福田孝右衛門の小舟を頭上から襲っ

た。

小舟の二人が立ち竦《すく》む姿を閃光《せんこう》が浮かび上がらせて、木っ端微塵《こっぱみじん》に破壊していく光景を非情にも見せた。

火炎の中から悲鳴が上がった。

レイナ号に水飛沫《みずしぶき》と小舟の破片が飛び散ってきた。

藤之助は玲奈の身を覆いながらも、疾風《はやて》のように蔵屋敷の方角に消えていく唐人快速船の姿を目で追っていた。

(廷竜尖と芳造が仲間だったとは……)

藤之助は夜の海が静まったのを見届け、体を上げた。

玲奈が身を起こし、炎を上げる破片が海面に次々に落ちて、
じゅじゅじゅじゅ
と音を立てて火が消えるのを見て呟いた。

「なんてことが」

太郎次の御用船が破壊された小舟の破片の漂う海に漕ぎ寄って辺りを調べていた。

玲奈も小帆艇を操り、悲劇の海面に近付いた。

「やられましたばい」

「あっさりと口を封じられたな」

「うっかりしちょりました」

太郎次《たろうじ》が飽《あく》ノ浦《うら》の蔵屋敷の方角を見た。

「残るは上方商人の畔魂堂だけたいね」

「太郎次どの、ただ今の連中が畔魂堂の阿片《あへん》を湾外まで護衛すると思わぬか。奴らは蔵屋敷の方角に消えたぞ。いや、最初から蔵屋敷に隠れていたのかも知れぬ」

「わしも見ましたもん、まず間違いなかろ」

「太郎次どの、あの高速船にな、廷竜尖が乗船しているのを見たぞ」

「あん偉丈夫がまた姿を見せましたな」

「それともう一人、両手撃ちの芳造がおった」

「なんち言いなすな。女郎の若葉《わかば》らばくさ、阿片で殺した芳造が老陳《ろうちん》の一味と言いなはるか」

「一味かどうか、あの快速船に乗っていたことは確かじゃあ」

頷《うなず》いた太郎次が、

「そいにしてんたい、なんで仲間ば見捨てたか」

「まず第一は二人の口から老陳の阿片取引が洩《も》れることを恐れた」

「二つ目の理由がございますか」

「老陳が長崎を見捨てたとしたらどうなる。二人の協力はもはやいるまい」

「阿片の取引ば上方と直《じか》にやるち言いなはるか」

「長崎の阿片市場と上方江戸の阿片市場の大きさは比較になるまい」

「そりゃ確かに座光寺様の申されるとおりですたい。阿片が長崎から消えるのはなんの異存もございまっせん。ばってん、大事な証人をあっさりと殺した所業は許せまっせん」

「いかにもさようかな」

「あん水澄ましに太刀打ちする手ば考えんとどうもなりまっせん」

太郎次は火力の差を言っていた。

「江戸町惣町乙名、老陳の黒竜《こくりゅう》だって姿を見せる可能性があるわ」

「玲奈様、となると観光丸でん太刀打ちできまっせんたい」

三人の目が期せずして英吉利《イギリス》国の黒々として停泊する砲艦を見た。

「あいが助けてくれたらくさ、楽じゃがな」

「太郎次どの、老陳の阿片密輸に英吉利海軍が加担しているとしたら、とんだやぶ蛇じゃぞ」

「藤之助、英吉利が老陳と組んでいるというの」

「阿片戦争は清国が阿片輸入を止めたことで始まったのではなかったか。阿片商人の親玉は英吉利国といえようが」

「英吉利は老陳を阿片の日本輸出の尖兵として利用しているということ」

「なぜ、奉行所は船を出さぬ。英吉利砲艦が奉行所の動きを牽制していることも考えられると申しておるのだ」

一座の言葉が途切れた。

「ともかくたい、海軍伝習所の観光丸もたい、英吉利軍の手助けもどうもならんちゅうこったいね」

と太郎次が結論づけた。

「どうしたものか」

藤之助が思案する体《てい》で自らに呟きかけた。

「惣町乙名《そうまちおとな》、畔魂堂《はんこんどう》はいつ動くと思う」

「玲奈様、今動いてん不思議はありまっせん。ばってん、私の勘じゃあ、夜の闇が一番濃うて深うなる夜明け前と見ましたがな」

「八つ半までには戻ってくるわ。なんとか阿片が長崎の湊《みなと》の外にでるのを足止めして、惣町乙名」

と玲奈が願い、

「太郎次どの、とは申せ正面から戦《いくさ》を仕掛けてはならぬ。まず蔵屋敷を奴らが出たればぴたりと尾行してくれぬか」

「それでよかですか」

「戦を仕掛けるときはわれらも一緒だ」

臼砲を持つ高速船に護衛された畔魂堂の五百石船が長崎奉行所と長崎会所の管轄外の湊の外に出ればもはや藤之助の力も及ばなかった。みすみす三百余貫の阿片が日本に上陸することになる。

「承知しましたばい」

レイナ号が長崎会所の御用船を離れ、帆が上げられた。

ばたばた
と帆が鳴り、レイナ号が唐人屋敷の方角に帆走を始めた。連れていかれたのは梅《うめ》ヶ崎《さき》の高島家の蔵屋敷だ。

見張りがレイナ号の姿を認めたか水門が開けられ、小帆艇は縮帆しながら船がかりに入り込んで停船した。

玲奈が藤之助を案内したのは二重扉の蔵の中だ。さらに洋灯《ランタン》を手にした玲奈は隠し扉を開いて地下への石段を下りた。

石の床と壁は作業場のようで道具が高い壁一面に飾られていた。

玲奈が廷竜尖の臼砲に対抗しようと選んだ武器が白い布に覆われてあった。それは高さ二尺五寸、前後の長さは三尺、幅が一尺五寸はありそうなかたちをしていた。

「時計師の御幡《おはたぎ》儀右衛門《えもん》がリボルバーを見て、考え出した強力な連発大銃よ。鉄砲鍛冶《かじ》の有吉作太郎《ありよしさくたろう》の苦心の作がこれよ」

玲奈が、
ぱあっ
と白い布を剝《は》ぎ取った。

奇妙な武器が姿を現した。

台座の上に三本の銃身が三角形の山型に並んで突き出し、銃床の上に大きな円形の輪胴が装着されていた。さらに銃身の横手に手回しの取っ手が付いていた。

「新式鉄砲か」

「儀右衛門が銃弾を途切れないように撃つ方策がないかと考え出した三挺鉄砲よ。この手回しの取っ手を回すと三つの銃身が回り、交替で銃弾を発射するの」

「この大きな輪胴は銃弾を供給する装置か」

「そういうこと」

藤之助は三挺鉄砲の前に回った。銃口は藤之助のリボルバーよりもはるかに大きかった。

「直径一インチの特製大弾よ、威力は凄いと思わない？」

藤之助は再び三挺鉄砲の後ろに回り、手回しの取っ手を回してみた。すると三つの銃身と大輪胴がカタカタと連結して動いた。

この物語の数年後、アメリカでは医師のリチャード・ジョーダン・ガトリングが五本銃身の連発銃、その名もガトリング砲を製作して、その威力に人々は仰天することになる。

長崎で時計師と鉄砲鍛冶が同じような発想で三挺鉄砲を造っていたのだ。

「玲奈、試し撃ちは終わったか」

「試射はまだよ」

「これが銃弾詰まりなど起こして爆発したら能勢隈之助《のせくまのすけ》が手首を取られたどころの怪我では済むまいぞ」

「あの臼砲に対抗できる武器はこれだけよ。私は鉄砲鍛冶の有吉作太郎の腕を信じるわ」

「銃弾はどこにあるな」

玲奈が鉄製の箱を運んできた。

「レイナ号に積み込むぞ」

高島家の奉公人の手伝いで三挺鉄砲が小帆艇に積み込まれ、舳先《へさき》に固定された。

「よし、出船致すぞ」

「私が三挺鉄砲を試し撃ちするわ」

「玲奈、そなたでなければこのレイナ号は言うことを聞くまい。またそなたが鉄砲鍛冶と時計師の腕を信じるというなれば、藤之助も信じようぞ」

頷いた玲奈が、

「座光寺藤之助一人を死なせないわ」

と言い切った。

「よかろう。廷竜尖の臼砲か、三挺鉄砲か。雌雄を決しようぞ」

玲奈が操船の位置に就き、藤之助が三挺鉄砲の操作位置に座った。

レイナ号が静かに高島家の船がかりを出た。すると水門がぴたりと閉じられた。

藤之助は月明かりの下、まず三挺鉄砲の仕組みを手でなぞって飲み込んだ。銃床部を動かすと三挺の銃身が左右上下に動くように出来ていた。ということは三挺鉄砲の狙いを変えながら、取っ手を回すとくるりくるりと三つの銃身が回転し、連続射撃が出来るという仕組みだ。

　引き金は銃床下に装着されていた。

　藤之助は左肩で三挺鉄砲の銃床を押さえて固定すると左手で引き金に指をかけ、右手で取っ手を回しながら、

「ずんずんずん」

　と口で言いながら仮想の試射を繰り返した。

　その間、玲奈は縮帆してゆっくりとレイナ号を走らせた。

　四半刻、操作を頭と手に馴染《なじ》ませた。

「玲奈、実弾を装塡《そうてん》致す」

「藤之助、マリア様にお祈りするわ」

「八百万《やおよろず》の神に祈ってくれ」

「藤之助、神はこの世に一人なの」

「玲奈、座光寺藤之助の運を信じよ」

「あなたが神というの」

「そんな傲慢《ごうまん》なことは思うてもおらぬぞ、玲奈」

問答を続けながらも一インチ大弾を大きな輪胴に装塡していった。

「いったい何発銃弾が装塡できるのだ」

「五十発よ。儀右衛門は熟達すれば五十発の銃弾も一瞬の間に射撃できるはずだと言っているわ」

「なぜ、三挺の銃身を束ねたのだ」

「藤之助、鉄砲はどれも発射されたとき、銃身が高熱に晒《さら》されるでしょ。何発も続けて撃つと銃身が熱することを感じたことがない？」

「ある」

「戦場で使う鉄砲はさらに過酷な使われ方をするわ。時に過熱で銃身が赤くなり曲がることもあるそうよ」

「つまり三挺の銃身を交互に使うことで熱を防ごうというのか」

「そういうこと」

「よし、装塡を終えた。飽ノ浦に戻ろうか。太郎次どのがやきもきされていようからな」

小帆艇の帆が風を孕《はら》んで走り出した。

二

太郎次らは静まり返った飽ノ浦の蔵屋敷から長崎の町を見た。英吉利砲艦の常夜灯が点るばかりで長崎奉行所も佐賀藩の千人番所もひっそりとしていた。

「惣町乙名」

と会所の御用船に移乗していた風助《ふうすけ》が太郎次を呼んだ。

太郎次が蔵屋敷を振り返ると水門が静かに開き、櫓の音がして五百石船が湊に姿を見せた。

轆轤《ろくろ》の音が響いて倒されていた帆柱が立てられ、黒帆が上げられていく。その周りを廷竜尖と芳造らが乗り組む臼砲の装備された高速船がゆっくりと移動しながら警戒に当たっていた。

「玲奈様も座光寺様も間に合いまっせんばい」

「風の字、喰《く》らいつくぞ」

黒い帆が風を孕んだ。

上方《かみがた》に向け、畔魂堂《はんこんどう》一味と阿片が積み込まれた五百石船がゆっくりと帆走を始めた。

高速船が櫂を揃《そろ》え漕ぎ出し、随伴《ずいはん》していく。

太郎次らが分乗する三隻の御用船がさらに離れて従った。

船足が上がり、長崎の湊境を一気に越えた。

太郎次らは必死で喰らいついていた。

過日阿片を積み込んだ鼠島《ねずみじま》の傍《かたわ》らを通過して、外海を望む辺りの海上に差し掛かった。

「惣町乙名、外海に出ますばい」

先ほどから沈黙を守り続けていた太郎次が、

「黙って見逃すわけにもいかんたい」

「どげんしますな」

「風の字、畔魂堂の黒帆ば燃しちゃらんね」

「ならばたい、火矢ば射かけまっしょか」

用意されていた弓に火矢が用意され、種火から火が移された。弓矢の仕度をしていたのは太郎次が乗る御用船だけだ。

「船頭、船ばくさ、黒帆にぎりぎりまで近づけんね」

「惣町乙名、合点承知たい」

御用船が危険を冒して黒帆に接近し、

「よか、火矢ば放ちない」

と太郎次が命じた。

その直後、二張りの弓が満々と引き絞られ、虚空に炎を引いて火矢が飛んだ。

黒帆と高速船から注意を促す叫び声が上がり、高速船が黒帆と御用船の間に割って入ろうとした。

一本目の火矢は黒帆の傍らを掠《かす》めて海に落ちた。

二本目がなんとか黒帆の下に命中した。だが、そこには水夫《かこ》らが待ち構えていて、火矢の炎が帆に燃え移る前に水をかけて消し止めた。

太郎次らの御用船を高速船が追い散らすために両手撃ちの芳造らが鉄砲を射ちかけた。

「闇夜に鉄砲玉ばい、当たらんたい」

「船頭、逃げ回らんね。油断ばついてまた仕掛けるばい」

太郎次の命が次々に飛んだ。

高速船が三隻の御用船を追い散らす間に黒帆の五百石船は外洋帆走の仕度を終えて

いた。

船足が上がろうとしたまさにその瞬間、五百石船の船頭は、
ばたばた
と鳴る新たな帆の音を聞いた。

闇を透かしていた見張りが、

「畔魂堂の旦那、高島家のじゃじゃ馬の小帆艇が現れましたぞ！」

「なんのことがあろう。廷竜尖の臼砲に任しとかんかい」

と耀右衛門《ようえもん》が言い放った。

「玲奈様と座光寺様が再登場なされたならたい。今晩のわしらの出番はこれで終わりたい」

「惣町乙名、なんとか間に合いましたばい」

「ともかくお手並みば拝見しようかね」

御用船は動きを止め、その傍《かたわ》らを小帆艇のレイナ号が通過していく。

「惣町乙名、あとは任せて」

と夜風を巧みに拾いながら帆走してきた玲奈が叫んだ。

「頼んだばい、玲奈様」

一瞬のうちにレイナ号が太郎次らの乗る御用船を置き去りにして帆走していった。

その船上でも、

「なんとか間に合ったわ」

「火矢でようよう見当がついたな」

と藤之助と玲奈が言い合った。

「玲奈、そなたの時計師と鉄砲鍛冶の技量が試されるときがきた」

「藤之助、阿片をさっぱりと海の底に沈めなさい」

「よかろう」

藤之助は三挺鉄砲の銃口を五百石船の艫下《ともした》、喫水線に狙《ねら》いを定めた。

距離は暗闇の計測ながら一丁半とはなかった。

「廷竜尖が気付いたわ」

「玲奈、われら二人の命はそなたの操船次第ぞ」

「こちらは任せなさい」

三挺鉄砲の銃床に左肩を押し当てて銃口が発射の衝撃で跳ねないように固定すると、引き金の指に力を入れた。同時に手回しの取っ手を右手で回転させた。

左肩にまず衝撃が走り、銃口から火閃《かせん》が飛び、

だだだっ

と一インチの大弾が連続して撃ち出された。だが、銃弾の間隔がばらばらで狙いもぶれていた。

それにしても凄まじい衝撃と銃撃音だ。

一連の射撃を終えた藤之助は一旦《いったん》引き金から力を抜いた。

それでも五、六発が撃ちだされたか。

波飛沫《なみしぶき》を切り裂いて海面すれすれに飛んだ一インチ大弾が五百石船の船尾辺りに何発か命中した。その一発が外艫《そとども》に突き出された操舵板に当たり、真っ二つに破壊した。

五百石船は前方に巨大な力で突き飛ばされたようで、

がくん

と大きく揺れ、悲鳴と驚愕が走った。

艫櫓《ともやぐら》から甲板に転落したのは見張りだった。

「玲奈、時計師と鉄砲鍛冶、なかなかやりおるぞ！」

「藤之助、もう少し下を狙うのよ」

「よかろう」

藤之助は二連目の射撃を加えた。今度は余裕を持って手回しの取っ手を操作し、銃撃と銃撃の間隔をきちんと取った。そのせいで狙いが安定して五百石船の喫水線近くに一インチの大弾が続けざまに吸い込まれた。

藤之助は五百石船の船尾に人間の頭ほどの穴が開き、海水がごぼごぼと音を立てて流入し始めたのを確かめると射撃を止めた。

「どう三挺鉄砲、気に入った」

玲奈は高速船がレイナ号に急接近してくるのを横目に見ながら叫んだ。

「やりおるわやりおるわ」

と答えた藤之助も廷竜尖の高速船から臼砲が発射されたのを見た。

臼砲の砲弾は高い射角で夜空に上がり、レイナ号を頭上から襲おうとしていた。

玲奈は恐怖を堪《こら》えて引き付けるだけ引き付けておいて、砲弾が落下する軌道を確かめ、レイナ号に鞭《むち》を入れた。

小帆艇が臼砲を躱《かわ》して滑り出した。

それまでレイナ号が速度を緩めて帆走していた海上に臼砲の砲弾が落下し、大きな水飛沫を上げた。

その飛沫が玲奈と藤之助に襲いかかった。

玲奈は反撃とばかり、高速船から距離を離し、船尾に回り込もうとしていた。

藤之助は三挺鉄砲の銃身がひどく熱くなっていることに気付いていた。やはり連続射撃が放つ熱は予想を超えたものだった。

しばらく間をおいて銃身を冷ます必要があると思いながら、藤之助は全力疾走するレイナ号の舳先から阿片三百余貫を積んだ五百石船が船尾を半ば海水に沈ませて波に洗われているのを見た。

「早う、穴を塞《ふさ》がんかい！」

「親方、あきまへん。海水がどんどん入ってきますがな」

「船が傾きよったぞ」

「船頭さん、なんとかしてんか！」

「畔魂堂の旦那、あげんな鉄砲弾、撃ちかけられたんや、どもならんで」

風に乗って狼狽《ろうばい》する会話が聞こえてきた。

「伝馬を下ろせ、船が沈むぞ！」

船頭の退船命令が藤之助の耳に届いた。

「馬鹿を言わんといて、わての全財産が沈みますがな。この商いに何千両注ぎ込んだと思うてるんや。船は見捨てられまへん」

「旦那、命あっての物種だす」

伝馬が次々に海に投じられ、水夫らが飛び移るのが見えた。だが、畔魂堂の主《あるじ》は未だ傾きかけた艫櫓にしがみついていた。

五百石船から船頭も伝馬へと飛んだ。

「旦那、海に飛び込んだ、船が沈みますがな！」

船頭の最後の叫びを無視して畔魂堂は艫櫓に必死で立っていた。

五百石船の船尾の穴から流入する海水がさらに左舷へと船を傾かせ、弛《ゆる》んだ黒帆が悲しげに、

はたはた

と最期の悲鳴を弱々しくも上げた。

ぎしっ

と船体が鳴った。

「旦那！」

伝馬から絶叫が響いて、五百石船の黒帆が垂れ、ゆっくりと横倒しになっていった。

藤之助はその瞬間、畔魂堂の主が艫櫓から海面へと振り落とされ、

「わての阿片だす！」

という悲鳴を消して、五百石船の船体が伸《の》し掛かったのを見た。

船底を一瞬見せた五百石船はゆっくりと海中へと没していこうとしていた。

「藤之助、廷竜尖の船が迫ってきたわ」

レイナ号が船尾に回り込むのを恐れた高速船も櫂《かい》を揃えて急回転し、レイナ号と舳先と舳先を向け合い、接近し合おうとしていた。

二隻の船の間には数丁の距離があった。

藤之助は銃身から未だ高熱が放射されているのを承知していた。次の射撃で使用不能になるかもしれなかった。だが、臼砲を備えた高速船の攻撃に三挺鉄砲の威力で立ち向かうしか手は残されていなかった。

「玲奈、高速船の真正面から突っ込むつもりで突っ走れ」

「ご命のままに」

満帆に風を孕《はら》んだ小帆艇と両舷から百足《むかで》のような櫂を突き出して推進力とした高速船の間合いがみるみる縮まった。

藤之助は銃口を正面から突っ込んでくる細身の船体の舳先に向けて狙いを定めた。

高速船から臼砲が発射された。

砲弾が夜明けの近い空に向かって、
しゅるしゅる
と上がり、頂きで一瞬停止するとレイナ号に向かって落下を始めた。
藤之助は片目を瞑《つむ》って最後の狙いを定める前に夜空を見上げた。落下してくる臼砲の砲弾に向かってレイナ号が突進していることを確かめたのだ。
一か八か。一回きりの勝負と接近する船のだれもが考えていた。
藤之助は意識を前方に集中した。
引き金を絞った。
手回しの取っ手をゆっくりと回した。
ずずずん
一インチ大弾が三度発射されたが数発撃ったところで、
がーん
という衝撃が走り、三挺鉄砲は機能を停止した。いくら引き金を絞ってももはや作動しなかった。
藤之助は撃ち出された一インチ大弾の一発が高速船の舳先に命中し、もう一発が右舷の櫂を圧《へ》し折ったのを見た。

その瞬間、臼砲の砲弾の下をレイナ号が最大船速で掻《か》い潜《くぐ》った。

船尾に大きな水飛沫《しぶき》が上がり、玲奈の悲鳴が響いた。

「玲奈！」

藤之助は思わず叫んでいた。

水飛沫を浴びた玲奈が、

「海水を頭から浴びただけよ」

と叫び返した。

その直後、レイナ号は動きを止めた高速船の傍らを通り過ぎようとした。

藤之助は舳先に仁王立ちになった。

高速船でも両手撃ちの芳造が大口径のリボルバーを構えていた。

藤之助もすでにスミス・アンド・ウエッソン社製の輪胴式五連発銃を片手に保持して相手を牽制した。

互いが数間の間合いで睨《にら》み合い、発射の機会を狙った。だが、その機会は一瞬のうちに後方へと消え去った。

「黄大人との約定をどうやら果たしたぞ」

藤之助はこれで能勢隈之助が異国へと大手を振って旅立てると考えていた。

海上の一角で朝の光が躍った。

レイナ号は外海に向かってさらに帆走を続けていた。

「玲奈、三挺鉄砲は壊れたようだ。この始末、どうするな」

「奉行所に詮索されるのは間違いないわ。藤之助、海に放り込んで沈めなさい」

「時計師と鉄砲鍛冶の苦心の作だぞ」

「一度だけど三挺鉄砲が役に立ったのよ、それで本望よ」

藤之助は台座を抱えるとレイナ号から海中へと投げ落とした。過熱した銃身が、
じゅっ
という音を立て、一瞬の裡《うち》に海底へと沈んでいった。

「藤之助、喉が渇いたわ」

玲奈は小帆艇の隠し棚に赤葡萄酒と食べ物が入った籐の籠《バスケット》が入っていると藤之助に教えた。

レイナ号は野母崎《のもざき》を回り、外海に出ようとしていた。

「タオルと毛布もあるはずよ、取って」

水飛沫で全身を濡らした玲奈は舵棒を固定させ、その傍らに立つと大胆にも濡れた衣服を脱ぎ捨てた。

朝の光に白い裸体が輝いて見えた。

藤之助がタオルで玲奈の体を丁寧に拭うと毛布を着せ掛けた。

「生き返ったわ、有り難う」

玲奈が定席に座り、籐の籠を抱えた藤之助がその傍らに座した。

赤葡萄酒のコルク栓を抜き、グラスに注いだ。

「阿片が海の藻屑《もくず》となったことに感謝かな」

藤之助がまず玲奈にグラスを差し出すと藤之助にグラスを持たせたまま、ごくりと飲み、藤之助の唇に口付けして飲み残しを口移しにしてくれた。

赤《チンタ》が玲奈から藤之助の口内へ、さらに喉に流れた。

「美味じゃな」

「これ以上の酒はないわ」

玲奈がわが身を包んでいた毛布を藤之助の肩に着せ掛けた。白い裸身がぴたりと藤之助に寄り添い、

「確かにこれ以上の美酒はなかろう」

と藤之助が言った。

レイナ号は朝の光を浴びて野母崎の沖合にゆらりゆらりと漂っていた。

藤之助と玲奈はチンタを飲み、互いの体の温もりを確かめ合って時が流れるのに任せていた。

銅鑼《どら》の音が海に流れた。

藤之助が体を起こすと唐人船がレイナ号へと接近してきていた。

「呂祥志《ろしょうし》のジャンクよ」

藤之助は玲奈の毛布から抜け出すと毛布で玲奈の体を包み、小帆艇に立ち上がった。

その夜、使うことのなかったリボルバーを脇の下の革鞘《ホルダー》から抜き出すと銃口を空に向けた。

引き金を引いた。間隔を置いて二発、三発と撃ち続けた。すると唐人船の船上に唐人服の人影が姿を見せた。

「能勢隈之助！」

「おおっ、座光寺先生か。お見送り忝《かたじけ》のうござる」

「隈之助、玲奈どのもおられるがな、ちと差し障りがある姿だ。座したまま別れの挨拶を致すこと許されよ」

玲奈が毛布から片手を出して振った。

「座光寺藤之助、玲奈どの、世話になった」

「元気で参れ」

「一柳《ひとつやなぎ》聖次郎《せいじろう》、酒井《さかい》栄五郎《えいごろう》のご両者に一足先に参ると伝えてくれぬか」

「承知した」

「さらばじゃあ」

「また会おう、能勢隈之助」

唐人船とレイナ号が擦れ違い、三人の男女が手を振り合い、唐人船は網代帆に光を受けて異境へと遠ざかっていった。

三

この朝、長崎奉行川村《かわむら》対馬守《つしまのかみ》修就《ながたか》は英吉利海軍の砲艦四隻の司令官、艦長ら幹部数人を西役所で引見した。

大波止《おおはと》に英吉利海軍の鼓笛隊の調べが響き、その気配が朝稽古《げいこ》に独り励む藤之助の伝習所剣術道場まで響いてきた。

今朝早くから勝麟太郎《かつりんたろう》ら伝習所幹部一同も早々に朝稽古を切り上げて、西役所に詰めていた。

むろん伝習所の第一期生や候補生らの授業も始まっていた。

勝麟太郎は第一期生であると同時に長崎奉行所付きの
「異国応接掛方《おうせつかかりかた》手付蘭書翻訳御用」

という肩書を持つ幹部の一人でもあった。

長崎市内の治安を担当する千人番所の佐賀藩兵も剣術の稽古どころではないと見え、総員が戸町《とまち》役所に待機していた。

藤之助は新たな変化を歴史に付け加えようとする長崎とは別に剣の世界に籠《こも》っていた。

ひたすら信濃《しなの》一傳流奥傳《いちでんりゆうおうでん》正舞四手従踊八手を丁寧に繰り返して没頭していた。

道場の外に足音が響いて、藤之助の孤独の世界を壊した者がいた。

藤之助が目を開くと授業に去ったはずの一柳聖次郎と酒井栄五郎が飛び込んできた。

「英吉利人の市内遊歩が許されたそうだ、座光寺先生」

「これでまた長崎が賑《にぎ》やかになるぞ」

と二人が口々に言った。

「講義はよいのか」

「英吉利海軍が奉行に謁見《えつけん》する場に阿蘭陀《オランダ》武官らが呼ばれてな、教場に教官が一人もいなくなったのだ。授業は自習になった、それで抜け出してきた」

「ならば茶を淹《い》れようか」

藤之助は二人を教授方の宿舎に伴い、宿舎付きの老爺《ろうや》に茶を頼んだ。

三人で陽があたる縁側に座した。

「甘いものがある」

藤之助は福砂屋《ふくさや》の五三焼きのカステイラを二人の前に供した。

「疲れたときにはこれが一番だ」

栄五郎は藤之助が切り分けるのも待ち遠しい様子で手を伸ばした。

「座光寺先生、昨日の大ハタ揚げには肝を潰《つぶ》されたぞ。ハタは春に揚げるものだというが、なんぞ格別な意味があったのか」

と聖次郎が問うた。

「さあてな、英吉利海軍歓迎のハタ揚げではないのか」

「そんな生易《なまやさ》しいものではなかろう。奉行所、千人番所、伝習所とぴりぴりとした空気が支配していたぞ。少なくとも英吉利の砲艦と大波止の間には緊張した一触即発の空気が漂っておった。それが一転、奉行面会の上、英吉利人の市内遊歩が許された。なんぞハタ揚げに意味があったと見たほうがよかろう」

「聖次郎、迂闊《うかつ》にも気付かなかったわ」

「座光寺、そなたは昨夜から今朝まで伝習所におらなんだな。どこへ行っておった」

と聖次郎がさらに詰め寄った。そこへ老爺が茶を運んできた。

「まあ、茶でも飲んで甘いものを賞味致せ。それがしにも野暮な用事はある」

「おかしい」

と聖次郎が藤之助を睨《にら》んだ。

「野暮用とは高島家の孫娘と一夜を過ごしていたということか」

「栄五郎、そう思いたければそう考えてもよい」

「あっさり認めたぞ、聖次郎」

「そなたはその辺が甘いというのだ。座光寺藤之助は一筋縄ではいかぬ人物だぞ。あっさり玲奈さんと過ごしたなどと認めたところがすでに変だ」

「変とはなんだ、聖次郎」

「昨夜、湾外で大騒ぎがあったというではないか。夜戦でも行われた様子だと阿蘭陀人教官も申されていたろう。その夜に藤之助は伝習所を空けておる、それを伝習所総監永井様も咎《とが》め立てをなさらぬ。どう考えても、血の気の多い藤之助が現場にいたと考えるほうが筋は通る」

「そなた、騒ぎを見物したか」

湯呑みを手にした栄五郎が藤之助に聞く。

「馬鹿め、見物したなどと生温《なまぬる》いことで済むか。この人物が騒ぎの立て役者よ、栄五郎」

「そうか、そうかもしれんな」

「そなた、暢気《のんき》だな」

「聖次郎、そうかりかりしても座光寺藤之助の行動はそれがしの想像の外だ。無駄なことを考えるよりおれはカステイラがよい」

「なんということだ。このような大事に」

と聖次郎が吐息をした。

「聖次郎、能勢隈之助は異境に出立《しゅったつ》した」

藤之助の言葉に聖次郎の顔付きが厳しいものに変わり、藤之助を見た。

「出たとは、いつのことだ」

「本朝、唐人のジャンク船で発《た》った。ただ今は五島《ごとう》列島の沖合を南下しておろう」

「そなた、見送ってくれたか」

急に聖次郎の体から空気が抜けたようでしょんぼりした。

「藤之助、そなた、見送ってくれたか」

気落ちした聖次郎に代わり、栄五郎が聞いた。

「野母崎の沖で偶然にも能勢隈之助の唐人船とすれ違い、挨拶を交わした。隈之助はそなたら二人に一足先に異境に発つと最後の言葉を言い残した」

「長崎が急に寂しくなったようだ」

栄五郎まで急に元気をなくした。

「これ、聖次郎、栄五郎、青雲の志を胸に抱くそなたらがそのようなことでどうする。能勢隈之助が切り開いてくれた異国への道、そなたらも数年後には辿《たど》るのだぞ」

「異国で隈之助と会えるかのう」

「そなたがその意思さえ捨てなければ必ずや再会できよう」

「藤之助、そなたも参るな」

栄五郎が聞いた。

「それがしか」

藤之助の脳裏に崩壊する徳川幕府の混乱の光景が映じた。

その折、座光寺家の当主としてやるべき務めが藤之助の身に託されていた。

座光寺家には首斬安堵状《くびきりあんど》と包丁正宗《まさむね》が代々伝わってきた。徳川家に万一の折、座光寺家当主は将軍家の介錯《かいしゃく》を務める秘命を持たされていた。

長崎に来て、徳川の幕藩体制が大きく揺らいでいることを藤之助は承知させられていた。

近い将来、徳川幕府は倒れる。

これは既定の路線に思える。

その折、日本国はどうなるのか。清国と同じ運命を辿り、英吉利国など欧米列強の属国に落ちるのか。

その時のために勝麟太郎らを筆頭に聖次郎も栄五郎も欧米の進んだ科学技術、軍事技術などを勉学していた。

だが、藤之助には幕府が崩壊する最中に相務めるべき使命が残されていた。それが交代寄合座光寺家を二百数十余年存続させてきた理由だ。

「それがしが異国の土を踏むとしてもそなたらよりずっと後のことだ」

「なぜか」

「問うな、栄五郎」

と聖次郎が険しい語調で二人の会話に加わった。

「なぜだ、聖次郎」

「そなたが申したではないか。座光寺藤之助の行動を詮索しても無意味とな。この御仁にはわれらが知らぬ大きな使命が託されておる、それゆえ伝習所総監も奉行も自由に野放しにしておられるのだ」

「そうだな、そうだったな」

藤之助は二人に答える術《すべ》を知らなかった。

沈黙が続いた。

三人の視線の先で白萩が風に揺れていた。

その瞬間、聖次郎は唐人船の舳先に立つ能勢隈之助の姿を思い描いていた。

昼過ぎ、藤之助は伝習所のある西役所の門を出た。すると大波止に人だかりがしていた。

石段を下りていくと長崎奉行所や千人番所の面々がいて、大工の棟梁らになにか指図をしていた。

その傍らに江戸町惣町乙名の椚田太郎次がいた。

「ご苦労様にございました」

と太郎次が藤之助だけに通じる言葉で労《ねぎら》った。

「なかなかの見物にございましたな」

「ハタ揚げにございますか。もう町じゅうが昨日のハタ合戦に持ちきりでございますもん、湯屋も床屋も口角泡《こうかくあわ》を飛ばしてハタ揚げ話に夢中ですたい。えらい騒ぎにございましたばい」

「堪能《たんのう》しました」

「玲奈嬢様ならではのくさ、大業《おおわざ》でございましたな」

太郎次が満足の笑みを浮かべた。

「なにが出来るのです」

「英吉利人の遊歩が認められましたもん。そんでくさ、大波止に新番所ば造ってくさ、千人番所に警戒に当たらせようちゅう策たいね」

太郎次の言葉の外には、

「無駄なことをしなくても」

という様子がありありと窺《うかが》えた。

「座光寺様、常行司福田家には会所の手が、薬種問屋の福江左吉郎の店には長崎奉行所の探索方が入りました」

　と太郎次が囁《ささや》いた。

「素早いことだ」

「福田家は常行司の地位を失くしました。長崎で暮らしていくのはたい、難しゅうございまっしょう」

「娘ら家族には罪はないのだがな」

「致し方ございまっせん。長崎会所が一日でも生き続けるためにはくさ、こげんな犠牲がこれからも増えまっしょうな」

　藤之助は頷き、能勢隈之助の出国を太郎次にも告げた。

「世の中おもしろうございますな、捨てたもんじゃなか。手首を失うた能勢様が最初に異国に渡られましたもんね」

　と太郎次の返答も感慨深げだ。

「それもこれも太郎次どのや黄大人《こうたいじん》の力があったればこそです。改めて礼を申します」

「なんのなんの。座光寺様がおらんならたい、こげんにうまくは話も進みまっせんばい」

と笑った太郎次が、

「もうお一方が船で待っておらすばい」

と大波止から離れた場所を目で示した。そこには小型の網代帆船に乗った黄武尊《こうぶそん》大人が長煙管《ながギセル》を悠然と咥《くわ》えている姿があった。

「挨拶して参ります」

太郎次に別れを告げた藤之助は、新番所の設けられる大波止からテッポンタマの転がる石垣に近付いた。すると黄大人が唐人の船頭に命じて、網代帆船を接岸させた。

藤之助は会釈をすると、ふわりと網代帆船に乗り移った。

網代帆船がすいっと大波止を離れ、長崎湾の奥へと進んだ。

「大人、約定が遅れて申し訳なく存じた」

「座光寺様はちゃんと約定は果たされました。礼を申しますぞ」

「黄大人、能勢隈之助、今朝方《けさがた》見送りましてございます。あの様子なれば異国にてもなんとか生きていけましょう」

頷いた黄大人が、

「老陳《ろうちん》の黒竜号が長崎を再び離れました」

と新たな事実を告げた。

「それもこれも座光寺様と高島玲奈様が阿片の密輸経路を潰されたせいでございますよ」

「それがしと大人の約束は長崎に上がる阿片を始末することでございましたな。だが、福江左吉郎、福田孝右衛門の二人は大坂、京に薬種問屋の店を持つ畔魂堂耀右衛《はんこんどうようえ》門《もん》と組んで、上方から江戸への阿片の密送を目論《もくろ》んでおったようだ」

黄大人が頷いた。

「最初、彼らも長崎での阿片取引と流行を策したようにございます。だが、長崎は異国に開かれたようで、そうではなかった。町中には幕府の奉行所と地役人の会所の目が二重に光っていてなかなか阿片の売買がうまくいかなかったようです。座光寺様は両手撃ちの芳造《よしぞう》という男を承知ですか」

「丸山の梅園天満宮で初めて会いました、危険極まりない男と見ました。この者が遊女らに阿片を与えたようですね」

「いかにもさようです。芳造がまさか老陳の尖兵とは私どもも最近まで気がつかなかった。こやつ、最初、長崎の旦那衆に阿片を広めようと策したようですがな、だが、最前申しましたように会所の結束を崩しきれなかった。そこで遊女に矛先を変えて媚薬として与え、広めようとしたのだが、阿片喫煙の習慣のない和人の女にはきつ過ぎたようだ」

「若葉《わかば》ら五人の犠牲を出したのですね」

小舟はゆっくりと長崎湊の外へと向かっていた。

「老陳の船が長崎を離れたということは廷竜尖《ていりゅうせん》や芳造も長崎から消えたということですか」

「座光寺様と関わりのある女もね」

元吉原の遊女瀬紫《せむらさき》ことおらんのことだ。

「一味は再び戻ってくると思われますか」

「老陳は商いが成り立つと思えば必ずどこへでも姿を見せます。未だ長崎が食い物になると分かれば、それが危険と分かっていても必ずや戻って参りましょうな」

「しばらくは平穏な日々が続きますか」

「さてな」

と黄大人は首を傾《かし》げた。

「大人、一つ教えてほしいことがござる」

「なんでございますな」

「此度《こたび》の阿片の大量密輸の背後に英吉利国は介在していたかどうか、そのことです」

「さあてな」

としばし思案した黄大人が、

「明確な証拠はございませぬ。だが、わが清国が本国で英吉利に煮え湯を飲まされた数々を考えますとき、老陳が長崎湊の中まで黒竜号を乗り入れて阿片を陸揚げしようとした経緯《いきさつ》と、突然の英吉利海軍砲艦四隻の入津《にゅうしん》はなんらかの話し合いがあったとみるべきでしょうな。そうでなければ、あまりにも軌を一にした行動に過ぎる」

「昨夜のハタ揚げから畔魂堂一味が五百石船を湊の外に持ち出そうとした騒ぎにも奉行所は動けなかった」

黄大人が笑った。

「昨夜、長崎奉行川村様方は砲艦に招かれて、祝宴の最中にございましてな。一切、奉行所からの取次ぎは英吉利兵が実力でやんわりとかつ毅然と阻止されたのです。その結果、川村様方はどなたかが引き起こされた騒ぎを朝まで承知されなかったのでございますよ」

藤之助の耳に、

ばたばた

と聞きなれた帆音が響いてきた。

「座光寺様、玲奈様は近頃一段と見目麗《みめうるわ》しきお嬢様になりになったと思いませぬか」

「それがしにとって最初から美しい女性《にょしょう》でした。最近、それが格別に変わったかどうかまでは分かりませぬ」

「玲奈様をお変えになった当人は、気付いておられませぬか」

黄大人が笑みを浮かべた顔を藤之助に向けた。

レイナ号が網代帆船と船縁《ふなべり》を合わせてきた。

藤之助は、

「大人、失礼致す」

と声をかけ、レイナ号へと乗り移った。すると黄大人が、

「間違いなく玲奈様はとみに美しくおなりになりましたぞ、座光寺様」

と叫びかけ、

「どういうこと」

と玲奈が問い返した。

からからから
と笑い声を上げた黄武尊が、

「玲奈様、座光寺様に直《じか》にお聞きなされ」

黄大人の網代帆船がレイナ号から離れていった。そして、

「時にはお二人で唐人屋敷に遊びに来なされ」

と誘いの言葉が波間を流れてきた。

四

小帆艇レイナ号の舳先が稲佐《いなさ》へと向けられた。

「池添亜紀《いけぞえあき》様と隆之進《たかのしん》様を稲佐山のおけいの家に預けたの。ハタ揚げの前日よ」

玲奈の言葉に藤之助は視線を向けた。

玲奈がいつもの席に藤之助を差し招いた。

舵《かじ》棒を操る船尾には座して操船できるような工夫がなされ、舵棒をはさんで二人が並んで座ることが出来た。

当然単座の操舵席に二人が座れば、舵棒の扱いは不自由になる。だが、玲奈はそれでも藤之助と一緒に船尾に座ることを望んだ。

「おおっ、あそこなれば彼らにとって異国と思える長崎が一望でき、自分たちの考え

も落ち着いて整理できよう」

「お二人も心静かに日々を過ごされていたそうよ」

藤之助は頷き返すと、多忙な最中に姉弟の処遇まで気を配ってくれた玲奈の心遣いに感謝した。

「先ほど使いがきたの。池添姉弟が忽然《こつぜん》とおけいの家から消えた」

「佐賀に帰ったか」

「それが今一つはっきりしないので、聞きにいくの」

「玲奈、それがしが勝手な願いをしたばかりに心労かけて相すまぬ」

玲奈の顔が近寄り、

「私たちの間にそんな言葉は要らないわ、そう思わない」

「親しき仲にも礼儀ありと申すぞ」

「交代寄合伊那衆座光寺藤之助、案外古めかしきことを申すものよのう」

と玲奈が茶化し、一瞬藤之助の唇を掠《かす》め取るように奪うと、

「杓子定規《しゃくしじょうぎ》の言葉より玲奈はこちらがいい」

と大胆にも言いのけた。

苦笑いした藤之助が、

「玲奈、前々から聞きたかった。南蛮では男女がそなたのように口付けをしばしばするものか」

「玲奈が特別におかしいというの」

と聞き返した玲奈が、

「藤之助、国によっては男同士が頰《ほお》を付け合って抱擁するところもあるそうよ。口付けは互いの信頼の証《あかし》よ、欧米では夫婦はもちろんのこと親子、姉妹、親類、友と挨拶代わりに頰や唇を触れ合わせる慣わしがあるの」

「われら、和人が腰を折り、頭を下げ合うようにか」

藤之助は阿蘭陀人が対面の挨拶に手を握り合う習慣を思い出していった。

「まあそうね」

玲奈が頷いた。

「出島の阿蘭陀人が長崎を去るときや久しぶりに再会したとき、男同士が唇を付け合わんばかりに熱く抱擁するのを見たことがあるわ」

「じゃが、若い男と女が唇を簡単に触れ合うまい」

再び玲奈の唇が藤之助に寄せられ、

「玲奈が藤之助と唇を触れ合わせるのは心から惚《ほ》れたからよ、特別の間柄だと自分を安心させるために藤之助の唇を奪うの」

「そなたのように胸の想いが自由に口に出来たらのう」

「藤之助、異人の世界で生きていくならばそうしなさい。彼らには相手の心を斟酌《しんしゃく》したり、慮《おもんぱか》る習慣はないわ。口を衝《つ》いて出た言葉だけが気持ちを知るすべての手立てなの」

「そんなものか」

「デウス様のことを触れた聖書の最初にこんな句が記されているわ。初めに言葉あり き、これは欧米人の考え方を知る大事な手がかりとなるわ」

「そなたがそれがしと触れ合うのも言葉と一緒か」

「そうね、玲奈が藤之助を好きということをかたちにしているだけよ。私の気持ちを伝える意味からいけば同じよ」

と玲奈が言い切った。

「藤之助、玲奈が他の殿方と口付けしたらどんな気持ちになる」

「そのようなこと考えたこともなかったぞ」

「想像してみて」

「許せぬな」

「許せぬな、だけか。嫉妬させようと思ったのだけど、案外平然としているわね、座光寺藤之助」

「平然どころか、そなたと会うておると驚かされることばかりだ」

ふっふっふ
と玲奈が含み笑いをした。

「玲奈、長崎ではハタ揚げに身代を傾けるそうだな。過日の大ハタ揚げはいくら費用がかかったな」

藤之助が話題を転じた。

「長崎会所に属する八十八町が気を揃えたから出来たことよ。お金がいくらかかったかなんて考えたこともない」

玲奈が藤之助の懸念をあっさりと一蹴した。

「長崎会所にとっても長崎奉行所にとっても阿片流入は見逃すことが出来なかったことなの。お金の問題ではないわ」

藤之助は頷いた。

「大事なことは、阿片の始末を藤之助と玲奈の二人がやり遂げたということよ」

「いかにもさようであったな」

レイナ号は稲佐の浜に向かってゆっくりと近付き、藤之助は玲奈の命に従い、縮帆作業を行った。

「藤之助、見よう見まねで帆艇の操作を覚えたわね。今度外海で操船術のすべてを教えるわ」

「願おう」

レイナ号が船着場に接岸するとどこで見ていたか、えつ婆が身軽な動きで姿を見せて、

「綱を投げなんせ」

と藤之助に命じた。

えつが投げられた舫《もや》い綱《づな》を器用にも受け取り、杭に結び付けると、

「玲奈様、時ならぬハタ揚げにくさ、魂消《たまげ》ったもんね。婆の腰が抜けましたばい」

「それを聞いて玲奈は満足よ」

「来春のハタ揚げにくさ、町の衆は苦労ばしなさりまっしょたい」

「鬼が笑うわよ」

と一笑した玲奈が、

「えつ、おけいのところに預けた池添姉弟が姿を消したというのだけど、ここに下り

てこなかったのね」

「あん姉弟、佐賀から来らしたちゅうじゃなかね。山ば回ってくさ、長崎街道に出たと違うやろか」

えつは、佐賀城下に戻ったのではないかと示唆した。

「そうだといいけど」

藤之助は玲奈の腰を抱えると船着場に玲奈を上げ、自らも飛び上がった。

「これからおけいの許《もと》を訪ねるの。えつ、なんか言付けある」

「今日はまだくさ、荷ば取りに来とらんが早う下りて来んねと言うち下さい」

稲佐山の中腹にある娘おけいの家には毎日えつのところから荷揚げするようだ。

「お婆、その荷、それがしが運んで参ろう」

藤之助がえつに言った。

「なんちね、侍さんに持たせてばつが悪かろうもん」

「手ぶらで上がるも荷を担いで上がるも片道は片道じゃ、かまわぬ」

藤之助の言葉にえつが玲奈の許しを乞《こ》うように見た。

「座光寺藤之助はトンピンカンたい、よかよか」

と長崎言葉で笑って答えた。

長崎言葉のトンピンカン、突飛漢とも書く。とっぴなことをする人の意味で、くんちやハタ揚げに身代を注ぎ込む長崎者を指した。

「江戸にもトンピンカンがおらすとやろか」

「この人物、江戸から来た他の侍と出来が違うの、好きにさせなさい」

「持たせてよかかのう」

と言いながらも店の奥に消えると背負《しょ》い籠を抱えてきた。

「これなれば伊那でも山歩きによう使うたぞ」

藤之助は籠を背に軽々と負うと、

「どうだ、似合おう」

と玲奈とえつに見せた。

「玲奈様、たしかにこんお侍はだいぶ毛色が変わっとるたい。まるで紅毛人ごとあるたい」

とえつが感心し、玲奈が笑った。

えつに見送られて二人が浜道から家々が軒を接して連なる路地に入ると猫が姿を見せ、あとを追ってきた。

「猫にも好かれたわ、藤之助」

「籠に魚が入っておる。それに関心があるのだ。それがしではないわ」

路地道から畑の間の道に移ると猫も諦めた様子で足を止めた。

芒《すすき》の穂が銀色に光って二人を迎えた。白萩はすでに花を地面に零《こぼ》し始めていた。

一段と秋が深まったようだ。

「能勢隈之助の船はどこあたりまで南下したかのう」

「まだ琉球沖には達してないと思うけど」

と答えた玲奈が、

「再会のときが楽しみね」

「異国でなにが待ち受けておるやもしれぬ。再会が叶《かな》うであろうか」

と胸の中の懸念を藤之助は思わず洩らした。

「藤之助、異国は遠いようで近いの。そのことを長崎の人間は他国の方よりも承知しているわ。考えてもご覧なさい、阿蘭陀人も唐人も二百年以上も前から異国である長崎と母国の間を往来してきたのよ。私たちだけがこの土地に縛り付けられて異国に出ていくことを禁じられていたのよ。その間にすべてが進歩した。船は風がなくとも昼夜を分かたず何百里、何千里の波濤《はとう》を越えて安全に航海ができるようになった。藤之助、あなたの目の前に異国に自由に行き来できる時代がそこまで来ているの」

「そのためには徳川幕府は変わらねばなるまい」

「徳川様も長崎会所もなくなる。そのとき、ようやく新しい時代が来るの」

玲奈が冷徹にも言い切った。

藤之助は浜とおけいの家の中間点まで登り、足を止めた。

この日、白い衣装に白いつば広の帽子の玲奈の額にうっすらと汗が光っていた。そして、異人が履《は》く女物の革長靴で足元を固めていた。

「静かじゃな」

長崎の町を見下ろした藤之助が呟《つぶや》いた。

この数日、騒乱が長崎を見舞っていた。

英吉利海軍の砲艦は未だ碇《いかり》を大波止沖に沈めていたが、まるで絵の情景のようで微動もしなかった。

海軍伝習所の所属艦観光丸も英吉利海軍の四隻から離れてひっそりと停泊していた。すべてが機能を停止したようで音を、動きを失くしていた。

「参ろうか」

二人は再び蜜柑《みかん》畑の間の山道をおけいの店に、そして、玲奈の隠れ家がある中腹に向かって歩き出した。

藤之助の足が止まった。

「どうしたの」

「玲奈、この静けさ、異常と思わぬか」

「稲佐山はいつも静かよ」

「いや、おけいの家になんぞ異変が見舞っておる」

藤之助はおけいの家がある方角を見上げた。

玲奈も耳を澄ませて様子を窺《うかが》い、顔を不安の色に染めた。

「なぜ池添亜紀と隆之進は急におけいの家から姿を消したのであろうか」

「佐賀藩の差し金というの」

「鳴滝塾で藩がいかに動くか身を以《もっ》て悟っていよう。直《す》ぐに引っかかるとは思えぬが」

玲奈が頷いた。

「玲奈、高島家からこの稲佐山に二人を移したとき、だれかに目撃されたということはないか」

「高島町の家から蔵屋敷まで駕籠《かご》で行き、船がかりで船に乗り込んで海に出たのよ。それも日が落ちてからのこと、まず見られたはずはないと思うけど」

「となると偶然か。それがしのリボルバーを持っておれ」

玲奈は手ぶらだった。

藤之助は脇の下に吊《つ》ったスミス・アンド・ウエッソン三十二口径五連発短銃を玲奈に渡そうと思った。

「案じないで。私には藤之助が付いているわ」

頷き返した藤之助は、

「鬼が出るか蛇が出るか、参ろうか」

と玲奈に誘いをかけた。

二人はおけいの家まで最後の道を上がり詰めた。

藁葺《わらぶき》の家は森閑として垣根もなく開放的な庭に日差しが落ちているばかりだ。

先日、陽だまりに猫が寝そべり、鶏が自由に餌をついばんでいたが、その姿は見えなかった。

「たしかにおかしいわ」

玲奈が呟く。

藤之助は負っていた籠を下ろした。

風もなく、音もなかった。

ただ静か過ぎる沈黙が稲佐山の中腹を支配していた。

家の背後から人影がよろめき現れた。

旅仕度の池添亜紀と隆之進の姉弟だ。今にも泣き崩れそうな顔付きをしていた。亜紀の腰だけに脇差《わきざし》が差し落とされ、隆之進は脇差すらなく無腰だった。

「どうしたな」

さらに二つの影が姿を見せた。

廷竜尖と両手撃ちの芳造だ。

廷は腰に大刀を差し落とし、もう一本隆之進のものらしい大刀の抜き身を構えていた。

芳造も片手に大口径のリボルバーを保持すると藤之助に向かって突き出していた。

さらに唐人服のおらんが銀煙管《ギセル》を手に姿を見せた。おらんには太鼓腹を突き出し、青竜刀《せいりゅうとう》を両手に持った唐人が従っていたが目配りや挙動から武術家と知れた。

「おらん、老陳の船で長崎を出たのではなかったか」

「座光寺藤之助に好き放題されては老陳大人の面子《メンツ》もないわ」

毒々しくも塗られた唇紅《ルージュ》の口が吐き捨てた。

武術家の両手の青竜刀が強風をうけた風車のようにぐるぐると回された。

両者の間合いは二十数間あった。

「玲奈、それがしから離れよ」

怪我をさせたくない一念で素手の玲奈に厳しく命じた。

玲奈は静かに従った。

「もそっと離れるのだ」

玲奈に逃げる機会を作りたかった。さらに玲奈が数歩横手に移動した。

その間に芳造だけが素早く間合いを詰めてきた。

藤之助は脇の下のスミス・アンド・ウエッソンに手を伸ばそうかと一瞬考えた。だが、すでに飛び道具での戦いの機先を制せられていた。

襟《えり》に突っ込んだ手を懐へと落とした。そこには使い慣れた小鉈《こなた》があった。

命中精度のよい大型リボルバーに太刀打ち出来るとも思えなかった。だが、藤之助にはそれしか対抗の手立てがなかった。
七、八間、と芳造が一気に間合いを詰めた。片手保持のリボルバーにもう一方の手を添え、不気味な笑みを削《そ》げ落ちた頬《ほお》に浮かべた。
戦いの場を制した芳造からさらに後方の池添亜紀と隆之進姉弟は、廷竜尖の刃の支配下にあった。

「おらん、取引をせぬか。おれを老陳の許《もと》へ連れていけ。その代わり、この場にある者をすべて無傷で稲佐の浜に下ろせ」

藤之助が芳造を無視して呼びかけた。

「勝手なことをお言いでないよ」

「老陳は此度の大商いで阿片二十袋分の大金を得たのだ、文句はあるまい」

そう言いながらも懐の中で小銃の握りを変えた。

「畔魂堂耀右衛門がようやく作り上げた上方の阿片商いをおまえは潰したのだよ。老陳様は重ね重ねの煮え湯にかんかんさ」

芳造の瞼《まぶた》が細められた。

銃口はぴたりと藤之助の胸を狙って微動もしない。あとは引き金にわずかな力を与えるだけで藤之助の胸に大穴が開く。

思わぬことから戦いは始まった。

突然、

「隆之進! 覚悟はよいな」

と亜紀が叫び、廷竜尖に向かって突進していったのだ。

脇差を抜いた亜紀が廷竜尖に斬りかかった。

迎え撃つ廷の抜き身の切っ先が突き出されて、突進してきた亜紀の胸に、

ぐさり

と刺さり込んだ。

「姉上！」

素手の隆之進が姉の体に縋《すが》った。

廷が片足を亜紀の体にかけて引き抜くとさらに隆之進の肩口に片手斬りに叩き付けた。物凄い腕力だ。

げえぇっ！

隆之進の肩口から胸を廷の一撃が深々と割った。

半身の芳造がちらりと後ろを窺った。

その瞬間、小銃を摑《つか》み出そうとした藤之助は、玲奈がその場にしゃがみ込んだのを目の端で見た。

注意を藤之助に戻した芳造が微動もさせなかったリボルバーの引き金に力を入れた。

直後、銃声が稲佐山の中腹に響いた。

パーン

乾いた銃声は小さかった。

自らの体を銃弾が引き裂くと覚悟した藤之助の目に芳造が体を捻《ひね》ってよろめき、手の中の大型リボルバーの銃口が虚空に跳ね上がって、
ずどーん！

というずしりと重い音が響き、銃弾が放たれたのを見た。

なにが起こったか。

藤之助の手が翻《ひるがえ》って小鉈が虚空を飛び、よろめく芳造の眉間にさらに突き立った。

すべて一瞬の間に起こったことだ。

藤之助が玲奈を振り返り見た。すると片膝を突いた玲奈が手に懐鉄砲を保持して、その短い筒先から白煙が上がっていた。

おらんの傍らに控えていた武術家が両手の青竜刀を回転させながら、意外にも身軽に藤之助に迫ってきた。

青竜刀の刃は遠心力がつくように弧状に曲がり、身幅が厚く、重かった。

繊細に鍛造された刀などまともに打ち合えばへし折る凄みを青竜刀は持っていた。

藤之助は藤源次助真を抜き放つと舞扇を構えた舞踊家のように片手斜めに置いた。

剛の相手に信濃一傳流奥傳《しなのいちでんりゅうおうでん》の従踊一手の柔で応じたのだ。

武術家が間合いを詰め切ると虚空へと飛翔した。二本の青竜刀が片手殴りに藤之助の頭上から刃鳴りとともに襲いきた。

眉間に青竜刀を感じた。

そより
藤之助は唐人の武術家の接近をぎりぎりまで待ち受けて腰を沈めつつ、と右斜め前に体を流した。

片手に構えた助真が、
ふわり
と回された。

落下する青竜刀二本、虚空に舞った藤源次助真。

寸毫《すんごう》の間を読み切り、青竜刀を避けた藤之助の助真が襲いくる武術家の下半身を微風のように撫《な》で切っていた。

稲佐山に再び絶叫が響いた。

豪腕な力と重さを利用した柔の技が舞い納められ、藤之助が地面に叩きつけられた唐人を見た。断末魔の痙攣《けいれん》が一頻《ひとしき》りして、

ことり
と動かなくなった。

一瞬の戦いだった。

藤之助は玲奈を振り返った。

玲奈の白い太股《ふともも》が光に晒《さら》されていた。

懐鉄砲が革長靴に隠されていたことを示して、白い衣装の裾《すそ》が捲《めく》れ上がっていたのだ。

「玲奈、藤之助の命の恩人じゃぞ」

「藤之助一人死なせてなるものですか」

玲奈が立ち上がった。

「これも鉄砲鍛冶の有吉作太郎の苦心の作よ。一発しか弾丸が込められないのが難点なの、当たるかどうか案じたけど」

藤之助は玲奈からおらんと廷竜尖に注意を戻した。

味方の敗北を見極めた二人が裾を翻しておけいの家の背後へと逃げ去る後ろ姿が見えた。

藤之助は家に飛び込んでいった。

おけいらの身を案じてだ。

おけいら五人が台所の板の間に両手両足を縛られて転がされていた。

藤之助は脇差を縄目に差し込んで切った。

「大丈夫か、おけいさん」

「私たちは無事たい。ばってん、池添様方が」

「あちらは承知じゃあ」

「ならばよかったたい」

おけいは姉弟が無事でいると誤解した。

藤之助はそれには答えず五人の縄を次々に切った。

再び庭に走り戻った藤之助は、玲奈が姉弟の亡骸《なきがら》を見下ろしながら十字を切っているのを見た。

池添亜紀は藤之助を芳造の銃弾から救った真の恩人だった。

藤之助は玲奈の震える肩を黙したまま片手で抱いた。

玲奈が藤之助の胸に縋《すが》り、啜《すす》り泣きの声を洩らした。

藤之助は両腕に玲奈を抱き締めて長崎の湊を見下ろした。

この数日、長崎湊に停泊していた英吉利海軍の砲艦四隻がゆっくりと出港していく光景が見られた。

一月後《ひとつき》に再び英吉利艦隊は、長崎湊に姿を見せることになるが、まだだれも知る由《よし》もない。

時代は激変していた。

長崎を激しい波が襲っていた。

青い空を鳶《とび》が一羽悠然と飛翔していた。

抱き合う二人を見下ろすただ一つの生き物だった。

玲奈の唇が震えて藤之助のそれを求めた。

晩秋の稲佐山に海から風が吹き上げたが、二人は一つに重なって微動もしなかった。

解説

清原康正(文芸評論家)

佐伯泰英の講談社文庫書下ろしシリーズ「交代寄合伊那衆異聞」も、本書の『阿片《あへん》』で第五作となる。記念すべきシリーズ第一作『変化《へんげ》』の刊行は二〇〇五年七月のことであった。以来、一年に二作強のペースで『雷鳴』『風雲』『邪宗』と着実に巻を重ねてきた。

いくつもの文庫書下ろしシリーズを持ち、そのいずれもが熱い人気を得ている佐伯泰英だが、物語の時代背景で言えば、安政《あんせい》二年十月の安政の大地震から始まった本シリーズが、現時点では最も新しい時代を描き込んだ作品となっている。歴史の歯車が大きく回転していった幕末期、二十二歳の主人公、座光寺藤之助為清《ざこうじとうのすけためすが》は疾風怒濤《しっぷうどとう》の厳しい時代状況に否応なしに関らわざるをえなくなり、信濃一傳流《しなのいちでんりゅう》の豪剣を振るうこととなるのである。

当然のことながら、物語の舞台もシリーズの展開に沿って変化していく。本宮《ほんぐう》藤之助だった主人公が、出奔《しゅっぽん》した前当主を討って信州伊那谷《いなだに》千四百十三石の直参《じきさん》旗本・交代寄合座光寺家の第十二代当主・座光寺左京《さきょう》為清に成り代わる第一作『変化』では、伊那谷から江戸四谷《よつや》大木戸《おおきど》まで六十余里（約二百四十キロ）を二昼夜で駆け抜けて行く場面の後、座光寺家の江戸屋敷と江戸の町が活躍の場となる。第二作『雷鳴』では、江戸から横浜村、さらに豆州戸田《ずしゅうへだ》村へと移っていく。主人公の名称も「左京」で統一されているのだが、ラストに至って、高家肝煎品川《こうけきもいりしながわ》家に「左京」の名を返し、座光寺藤之助為清となり、「藤之助」と記されることとなる。この改名のありようにも、本シリーズの主人公の運命が表象されている。

第三作『風雲』の舞台は、安政三年一月に江戸から長崎へと移る。前年の十月に長崎に開校した幕府の海軍伝習所に剣術教授方として赴任した藤之助は、到着早々からさまざまな刺客たちの襲撃を受けることとなる。この第三作では、高島玲奈《たかしまれいな》という実に魅力的なヒロインが登場してきて、シリーズの展開に艶やかな華を添える。射撃や乗馬が得意で、西洋式の造船技術で造られた小帆艇《しょうはんてい》レイナ号を自在に操船する玲奈の強烈な存在感は、第四作『邪宗』でもますます輝いてくる。しかも、この玲奈が隠れきりしたんという設定になっていて、密かに行われるミサの模様なども描写され、長崎という町の異国情緒の面が強調されている。

そして、シリーズ第五作の本書では、やはり長崎を舞台に、タイトルの『阿片』に表れてもいるように、長崎丸山の遊女五人の阿片死をきっかけとして、藤之助が阿片の密輸をめぐる不穏な動きに豪剣で挑んでいくこととなる。

物語は、「弾むような太鼓の音が町内を移動していき、空へと消えた」「赫々《かっかく》たる陽光が肥前《ひぜん》長崎の町に照り付けていた」「稲佐山《いなさやま》の上に真っ白な雲が浮かび、ゆっくりと西へと流れている」といった、旧暦七月も終わりに近い長崎の町ののどやかな風景描写から始まるのだが、それは嵐の前の静けさでしかないことを、読者はすぐに思い知らされることとなるのである。こうした序・破・急のリズムのありようも、本シリーズの魅力の一つに挙げることができる。

この阿片密輸の蠢《うごめ》きに関して、藤之助は唐人屋敷の筆頭差配黄大人《こうたいじん》こと黄武尊《ぶそん》と期限付きのある密約を交わすこととなる。いわゆるタイムリミットという制約が、藤之助に課せられるわけで、決められた日数内に、藤之助が阿片の始末をすることができるかどうか、と読者をやきもきさせるのだ。このあたりの物語設定にも、読者の興味と関心を引きつける作者の凄みを感じさせるものがある。

藤之助は、今や長崎の「最強の組み合わせ」と黄大人が称する玲奈をはじめ、長崎会所《かいしょ》の乙名《おとな》椚田太《くぬぎだた》郎次《ろうじ》などの協力も得て、唐人の闇組織・黒蛇頭《くろじゃとう》の頭目である老陳《ろうちん》と対峙《たいじ》することとなる。老陳の身辺には、元吉原の遊女瀬紫《せむらさき》本名おらんの姿もあった。シリーズ第一作以来の敵役である。

このおらんの他にも、第四作で藤之助を敵と狙った姉弟《きょうだい》も登場してきて、藤之助たちの阿片探索に関する興味とはまた別の趣向を盛り込んでもいる。このように、第一作以来の主人公を取り巻く人間関係を巧みにからませることで、物語展開をより錯綜《さくそう》したものとし、読者の意表を衝《つ》く意外性を、ごく自然なものとして生み出してもいる。作者の豪腕には舌を巻かざるをえない。

冒頭部の長崎の風景描写に続いて、船着場のスンビン号が係留されている情景が出てくる。阿蘭陀《オランダ》から幕府に寄贈された蒸気船で、海軍伝習所は幕府船籍の軍艦として観光丸《かんこうまる》と改名していた。こうしたさりげない描写の後に、「シーボルト事件からわずか二十八年、徳川幕府を、阿蘭陀を取り巻く時代状況は大きく変わろうとしていた」「開国を迫られた幕府では鎖国時代を通じて交流のあった阿蘭陀国の協力で必死に近代化を推し進めようとしていた」「スンビン号が観光丸と変わったのもそんな日本国と阿蘭陀を取り巻く時代背景のゆえだった」と、物語の背景となる時代状況が説明されている。

列強の開国と通商の要求で独占的な地位を失おうとしている長崎で、藤之助はこうした時代潮流の波をもろにかぶることとなるのだ。藤之助は長崎に来て、徳川幕府の屋台骨がぐらぐらと揺れ動いて、崩壊の危機が迫っていることを実感させられた。風前の灯《ともしび》の幕府を突き動かす圧力は、列強各国の砲艦外交であり、薩摩《さつま》ら西国大名を始めとする雄藩の独自の行動である、と作者は物語の中で解き明かしていく。

と同時に、そうした状況の中で、勝麟太郎《かつりんたろう》、一柳《ひとつやなぎ》聖次郎《せいじろう》、酒井《さかい》栄五郎《えいごろう》ら海軍伝習所の面々は、欧米の進んだ科学技術、軍事技術などを必死に勉学していた。一方、藤之助は阿片の密輸の探索に当たるのである。そして、レイナ号、長崎会所の御用船、唐人船の海上の闘いの模様が克明に描き出されていく。臼砲《きゅうほう》と銃身が三本の三挺鉄砲の対決など、この海上の闘いは、レイナ号が砲弾を躱《かわ》す操船の模様なども含めて、海洋活劇小説の魅力がふんだんに盛り込まれている。

藤之助の脳裏に、崩壊する徳川幕府の混乱の光景が映じる。近い将来、徳川幕府が崩壊したとしたら、藤之助には座光寺家の当主としてやるべき使命が残されていることを、作者は読者に思い出させるのである。座光寺家に代々伝わる首斬安堵状《くびきりあんどじょう》と包丁《ほうちょう》正宗《まさむね》。そして、徳川家に万一のことがあった場合に、座光寺家当主が将軍家の介錯《かいしゃく》を務めるという秘命。このシリーズの第一作から根底に流れている基調音である。

玲奈は藤之助に、「異国は遠いようで近い。異国に自由に行き来できる時代がそこまで来ている。徳川様も長崎会所もなくなる。そのとき、ようやく新しい時代が来るの」と言ってのける。奔放《ほんぽう》な玲奈らしい観察眼による未来予告なのだが、第三作で「いつの日か異郷の地を踏みたいものだ」とひとりごちた藤之助の思いが、この玲奈の言葉を聞いた後、どう変化していくのか。それは第六作以降の展開を楽しみに待つこととしたい。

また、藤之助と刺客たちとの決闘場面に関しては、第四作までで存分に堪能《たんのう》してきたはずなのだが、この第五作でも、やはりその迫力に魅了されてしまう。「そより」「ふわり」「ことり」という語句を使って描写されている剣の場面が出てくるのだが、小説手法で言えば陳腐とも思えるこうした語句が、作者の手にかかると、実にリアルな響きをもって迫ってくるのだ。こうした面での作者の豪腕ぶりも楽しむことができる。

ところで、幕末動乱期の真《ま》っ只中《ただなか》に生きる藤之助なのだが、一口に幕末維新と言っても、それをどの時期に設定するかについては、さまざまな論議がなされてきた。

一般には、嘉永《かえい》六年（一八五三）のペリー艦隊の浦賀《うらが》来航に始まり、明治《めいじ》十年（一八七七）の西南戦争までが、幕末維新の時期とされる。だが、幕藩体制の矛盾が顕著に見られるようになった天保期《てんぽうき》（一八三〇～一八四四）を始まりとする説、大政奉還や王政復古の大号令がなされた慶応《けいおう》三年（一八六七）を終焉期《しゅうえんき》とする説、いや、終焉はやはり、江戸が東京と、慶応が明治と改まった明治元年（一八六八）ではないかとする説もある。

政治史を重視するか、経済史から見ていくか、ということによっても説が微妙に分かれていくわけだが、一つ確かなことは、幕末の動乱は、ペリー艦隊に象徴されるように、蒸気船という西洋の産業革命の産物が引き金となって始まったということではないだろうか。

安政の大地震と米・英・露・仏・蘭の五ヵ国との和親条約、修好通商条約に前後して始まったこのシリーズでは、英国海軍砲艦の威容ぶりを目の当たりにした藤之助が、幕府の行く末に思いを馳《は》せる場面が何度か描写されている。また、射撃の名手でもある玲奈に伝授されて、藤之助が短銃や散弾銃などを使いこなす場面などでは、西洋の武器に関する思いなどにも触れられている。そして、その対極に、信濃一傳流の精神性の面も強調され、藤之助が剣と銃の狭間《はざま》で、自らの精神のバランスをとっていくさまも抜かりなく描き出されていくのである。こうした周到な描写にも注目していただきたい。

幕末期の動乱はこの後、ますます激しいものとなっていく。第五作の時代背景は安政三年であるが、二年後には大老井伊直弼《いいなおすけ》による安政の大獄、四年後にはその井伊直弼が暗殺される桜田門外の変が起こっている。この変が、幕末維新の流れをより急なものにしたとも言われている。

そうした歴史の激流に、藤之助はどう処していくのか。さまざまな苦難を、その豪剣と特異なキャラクターでどう乗り越えていくのだろうか。第六作の展開はもちろんのこと、シリーズの今後が楽しみでならない。

本書は文庫書下ろし作品です

|著者|佐伯泰英　1942年福岡県生まれ。闘牛カメラマンとして海外で活躍後、国際冒険小説執筆を経て、'99年から時代小説に転向。迫力ある剣戟シーンや人情味ゆたかな庶民性を生かした作品を次々に発表し、平成の時代小説人気を牽引する作家に。文庫書下ろし作品のみで累計1000万部を突破する快挙を成し遂げる。「密命」「居眠り磐音江戸双紙」「吉原裏同心」「夏目影二郎始末旅」「古着屋総兵衛影始末」「鎌倉河岸捕物控」「酔いどれ小籐次留書」など各シリーズがある。講談社文庫では、『変化』『雷鳴』『風雲』『邪宗』に続き、本書が「交代寄合伊那衆異聞」シリーズ第５弾。

阿片《あへん》　交代寄合伊那衆異聞《こうたいよりあいいなしゅういぶん》

佐伯泰英《さえきやすひで》

2007年４月13日第１刷発行
2007年11月15日第４刷発行

発行者——野間佐和子
発行所——株式会社　講談社
東京都文京区音羽2-12-21　〒112-8001
電話　出版部（03）5395-3510
　　　販売部（03）5395-5817
　　　業務部（03）5395-3615

Printed in Japan

講談社文庫

定価はカバーに
表示してあります

デザイン—菊地信義
本文データ制作—講談社プリプレス制作部
印刷———中央精版印刷株式会社
製本———中央精版印刷株式会社

落丁本・乱丁本は購入書店名を明記のうえ、小社業務部あてにお送りください。送料は小社負担にてお取替えします。なお、この本の内容についてのお問い合わせは文庫出版部あてにお願いいたします。

ISBN978-4-06-275698-3

講談社文庫刊行の辞

二十一世紀の到来を目睫に望みながら、われわれはいま、人類史上かつて例を見ない巨大な転換期をむかえようとしている。

世界も、日本も、激動の予兆に対する期待とおののきを内に蔵して、未知の時代に歩み入ろうとしている。このときにあたり、創業の人野間清治の「ナショナル・エデュケイター」への志を現代に甦らせようと意図して、われわれはここに古今の文芸作品はいうまでもなく、ひろく人文・社会・自然の諸科学から東西の名著を網羅する、新しい綜合文庫の発刊を決意した。

激動の転換期はまた断絶の時代である。われわれは戦後二十五年間の出版文化のありかたへの深い反省をこめて、この断絶の時代にあえて人間的な持続を求めようとする。いたずらに浮薄な商業主義のあだ花を追い求めることなく、長期にわたって良書に生命をあたえようとつとめるところにしか、今後の出版文化の真の繁栄はあり得ないと信じるからである。

同時にわれわれはこの綜合文庫の刊行を通じて、人文・社会・自然の諸科学が、結局人間の学にほかならないことを立証しようと願っている。かつて知識とは、「汝自身を知る」ことにつきていた。現代社会の瑣末な情報の氾濫のなかから、力強い知識の源泉を掘り起し、技術文明のただなかに、生きた人間の姿を復活させること。それこそわれわれの切なる希求である。

われわれは権威に盲従せず、俗流に媚びることなく、渾然一体となって日本の「草の根」をかたちづくる若く新しい世代の人々に、心をこめてこの新しい綜合文庫をおくり届けたい。それは知識の泉であるとともに感受性のふるさとであり、もっとも有機的に組織され、社会に開かれた万人のための大学をめざしている。大方の支援と協力を衷心より切望してやまない。

一九七一年七月

野間省一

講談社文庫 目録

講談社文庫　目録

清水義範　西原理恵子・え　おもしろくても理科
清水義範　西原理恵子・え　もっとおもしろくても理科
清水義範　西原理恵子・え　どうころんでも社会科
清水義範　西原理恵子・え　もっとどうころんでも社会科
清水義範　西原理恵子・え　いやでも楽しめる算数
清水義範　西原理恵子・え　はじめてわかる国語
清水義範　西原理恵子・え　飛びすぎる教室
椎名　誠　フグと低気圧
椎名　誠　犬の系譜
椎名　誠　水域
椎名　誠　にっぽん・海風魚旅〈怪し火さすらい編〉
椎名　誠　くじら雲追跡編〈にっぽん・海風魚旅2〉
椎名　誠　もう少しむこうの空の下へ
椎名　誠　モヤシ
椎名　誠　アメンボ号の冒険
椎名　誠　風のまつり
東海林さだお　椎名誠　やぶさか対談
島田雅彦　フランシスコ・X
真保裕一　連鎖

真保裕一　取引
真保裕一　震源
真保裕一　盗聴
真保裕一　朽ちた樹々の枝の下で
真保裕一　奪取(上)(下)
真保裕一　防壁
真保裕一　密告
真保裕一　黄金の島(上)(下)
真保裕一　発火点
真保裕一　夢の工房
周大荒　渡辺精一訳　反三国志(上)(下)
篠田節子　贋《がん》作《さく》師《し》
篠田節子　聖域
篠田節子　弥勒
笙野頼子　居場所もなかった
笙野頼子　幽界森娘異聞
下川裕治　桃井和馬　世界一周ビンボー大旅行
下川裕治　篠原章　沖縄ナンクル読本
篠田真由美　未明の家〈建築探偵桜井京介の事件簿〉

篠田真由美　玄《くろ》い女神〈建築探偵桜井京介の事件簿〉
篠田真由美　翡翠《ひすい》の城〈建築探偵桜井京介の事件簿〉
篠田真由美　灰色の砦〈建築探偵桜井京介の事件簿〉
篠田真由美　原罪の庭〈建築探偵桜井京介の事件簿〉
篠田真由美　美貌の帳《とばり》〈建築探偵桜井京介の事件簿〉
篠田真由美　桜闇〈建築探偵桜井京介の事件簿〉
篠田真由美　仮面の島〈建築探偵桜井京介の事件簿〉
篠田真由美　センティメンタル・ブルー〈蒼の四つの冒険〉
篠田真由美　月蝕の窓〈建築探偵桜井京介の事件簿〉
篠田真由美　加藤俊章絵　レディMの物語
重松　清　定年ゴジラ
重松　清　半パン・デイズ
重松　清　世紀末の隣人
重松　清　流星ワゴン
重松　清　ニッポンの単身赴任
重松　清　ニッポンの課長
重松　清　愛妻日記
重松清　渡辺考　最後の言葉〈戦場に遺された二十四万字の届かなかった手紙〉
新堂冬樹　血塗られた神話

講談社文庫 目録

新堂冬樹　闇の貴族
柴田よしき　フォー・ディア・ライフ
柴田よしき　フォー・ユア・プレジャー
新野剛志　八月のマルクス
新野剛志　もう君を探さない
新野剛志　どしゃ降りでダンス
殊能将之　ハサミ男
殊能将之　美《み》濃《の》牛《ぎゅう》
殊能将之　黒い仏
殊能将之　鏡の中は日曜日
殊能将之　キマイラの新しい城
嶋田昭浩　解剖・石原慎太郎
首藤瓜於　脳男
首藤瓜於　事故係生稲昇太の多感
島村洋子　家族善哉
島村洋子　恋って恥ずかしい〈家族善哉2〉
仁賀克雄　切り裂きジャック〈闇に消えた殺人鬼の新事実〉
島本理生　シルエット
島本理生　リトル・バイ・リトル

島本理生　生まれる森
白川　道　十二月のひまわり
子母澤　寛　新装版　父子鷹（上）（下）
不知火京介　マッチメイク
小路幸也　空を見上げる古い歌を口ずさむ
杉本苑子　孤愁の岸（上）（下）
杉本苑子　引越し大名の笑い
杉本苑子　汚名
杉本苑子　女人古寺巡礼
杉本苑子　利休破調の悲劇
杉本苑子　江戸を生きる
杉田　望　金融夜光虫
杉田　望　特別検査〈金融アベンジャー〉
鈴木輝一郎　美男忠臣蔵
鈴木光司　神々のプロムナード
瀬戸内晴美　かの子撩乱
瀬戸内晴美　京まんだら（上）（下）
瀬戸内晴美　彼女の夫たち（上）（下）
瀬戸内晴美　蜜と毒

瀬戸内寂聴　寂庵説法
瀬戸内寂聴　新寂庵説法　愛なくば
瀬戸内晴美　家族物語（上）（下）
瀬戸内寂聴　生きるよろこび〈寂聴随想〉
瀬戸内寂聴　寂聴天台寺好日
瀬戸内寂聴　人が好き［私の履歴書］
瀬戸内寂聴　渇く
瀬戸内寂聴　白道
瀬戸内寂聴　いのち発見
瀬戸内寂聴　無常を生きる〈寂聴随想〉
瀬戸内寂聴　わかれば『源氏』はおもしろい〈寂聴対談集〉
瀬戸内寂聴　寂聴相談室人生道しるべ
瀬戸内寂聴　花芯
瀬戸内寂聴　瀬戸内寂聴の源氏物語
瀬戸内晴美編　人類愛に捧げた生涯〈人物近代女性史〉
瀬戸内寂聴・訳　源氏物語　巻《まき》一《いち》
瀬戸内寂聴・訳　源氏物語　巻《まき》二《に》
瀬戸内寂聴・訳　源氏物語　巻《まき》三《さん》
瀬戸内寂聴・訳　源氏物語　巻《まき》四《し》

講談社文庫　目録

立花　隆　中核VS革マル(上)(下)
立花　隆　日本共産党の研究 全三冊
立花　隆　青春漂流
立花　隆　同時代を撃つ I〜III〈情報ウォッチング〉
立花　隆　生、死、神秘体験
高杉　良　虚構の城
高杉　良　大逆転!〈小説三菱・第一銀行合併事件〉
高杉　良　バンダルの塔
高杉　良　懲戒解雇
高杉　良　労働貴族
高杉　良　広報室沈黙す(上)(下)
高杉　良　会社蘇生
高杉　良　炎の経営者(上)(下)
高杉　良　小説日本興業銀行 全五冊
高杉　良　社長の器
高杉　良　祖国へ、熱き心を〈東京にオリンピックを呼んだ男〉
高杉　良　その人事に異議あり〈女性広報主任のジレンマ〉
高杉　良　人事権!
高杉　良　小説消費者金融〈クレジット社会の罠〉
高杉　良　小説新巨大証券(上)(下)
高杉　良　局長罷免―小説通産省
高杉　良　首魁《しゅかい》の宴《うたげ》〈政官財腐敗の構図〉
高杉　良　指名解雇
高杉　良　燃ゆるとき
高杉　良　挑戦つきることなし〈小説ヤマト運輸〉
高杉　良　辞表撤回
高杉　良　銀行大合併〈短編小説全集(上)〉
高杉　良　エリートの反乱〈短編小説全集(中)〉
高杉　良　金融腐蝕列島(上)(下)
高杉　良　小説ザ・外資
高杉　良　銀行大統合〈小説みずほFG〉
高杉　良　勇気凜々
高杉　良　混沌《こんとん》 新・金融腐蝕列島(上)(下)
高杉　良　乱気流(上)(下)
高橋源一郎　日本文学盛衰史
高橋克彦　写楽殺人事件
高橋克彦　悪魔のトリル
高橋克彦　総門谷
高橋克彦　北斎殺人事件
高橋克彦　歌麿殺贋《さつがん》事件
高橋克彦　バンドネオンの豹《ジャガー》
高橋克彦　蒼《あお》夜《や》叉《しゃ》
高橋克彦　広重殺人事件
高橋克彦　北斎の罪
高橋克彦　総門谷R 阿黒篇
高橋克彦　総門谷R 鵺(ぬえ)篇
高橋克彦　総門谷R 小町変妖篇
高橋克彦　総門谷R 白骨篇
高橋克彦　1999年〈対談集〉
高橋克彦　星封陣
高橋克彦　炎《ほむら》立つ 壱 北の埋み火
高橋克彦　炎立つ 弐 燃える北天
高橋克彦　炎立つ 参 空への炎
高橋克彦　炎立つ 四 冥き稲妻
高橋克彦　炎立つ 伍 光彩楽土〈全五巻〉
高橋克彦　白妖鬼
高橋克彦　書斎からの空飛ぶ円盤

講談社文庫　目録

高橋克彦　降　魔　王
高橋克彦　鬼
高橋克彦　火　怨〈北の燿星アテルイ〉(上)(下)
高橋克彦　時　宗　壱　乱星
高橋克彦　時　宗　弐　連星
高橋克彦　時　宗　参　震星
高橋克彦　時　宗　四　戦星〈全四巻〉
高橋克彦　京伝怪異帖　巻の上　巻の下
高橋克彦　天を衝く(1)～(3)
高橋克彦　ゴッホ殺人事件(上)(下)
高橋克彦　竜の柩(1)～(6)
高橋克彦　刻謎宮(1)～(4)
高橋　治　男波女波(上)(下)〈放浪一本釣り〉
高橋　治　星　の　衣
高樹のぶ子　妖しい風景
高樹のぶ子　エフェソス白恋
高樹のぶ子　満水子(上)(下)
田中芳樹　創竜伝1〈超能力四兄弟《ドラゴン》〉
田中芳樹　創竜伝2〈摩天楼の四兄弟《ドラゴン》〉

田中芳樹　創竜伝3〈逆襲の四兄弟《ドラゴン》〉
田中芳樹　創竜伝4〈四兄弟《ドラゴン》脱出行〉
田中芳樹　創竜伝5〈蜃気楼都市《ミラージュ・シティ》〉
田中芳樹　創竜伝6〈染血の夢《ブラッディ・ドリーム》〉
田中芳樹　創竜伝7〈黄土のドラゴン〉
田中芳樹　創竜伝8〈仙境のドラゴン〉
田中芳樹　創竜伝9〈妖世紀のドラゴン〉
田中芳樹　創竜伝10〈大英帝国最後の日〉
田中芳樹　創竜伝11〈銀月王伝奇〉
田中芳樹　創竜伝12〈竜王風雲録〉
田中芳樹　創竜伝13〈噴火列島〉
田中芳樹　魔天楼〈薬師寺涼子の怪奇事件簿〉
田中芳樹　東京ナイトメア〈薬師寺涼子の怪奇事件簿〉
田中芳樹　巴里《パリ》・妖都変〈薬師寺涼子の怪奇事件簿〉
田中芳樹　クレオパトラの葬送〈薬師寺涼子の怪奇事件簿〉
田中芳樹　西風の戦記《ゼピュロシア・サーガ》
田中芳樹　夏の魔術
田中芳樹　窓辺には夜の歌
田中芳樹　書物の森でつまずいて……

田中芳樹　白い迷宮
田中芳樹　春の魔術
田中芳樹 原作／幸田露伴　運命〈二人の皇帝〉
田中芳樹／土屋　守　「イギリス病」のすすめ
田中芳樹ほか 文／皇名月 画・文　中国帝王図
田中芳樹／赤城　毅　中欧怪奇紀行
田中芳樹 編訳　岳飛伝〈青雲篇〉(一)
高任和夫　架空取引
高任和夫　粉飾決算
高任和夫　告発倒産
高任和夫　商社審査部25時〈知られざる戦士たち〉
高任和夫　起業前夜(上)(下)
高任和夫　燃える氷(上)(下)
高任和夫　債権奪還
谷村志穂　十四歳のエンゲージ
谷村志穂　十六歳たちの夜
谷村志穂　レッスンズ
高村　薫　李歐《りおう》
高村　薫　マークスの山(上)(下)

講談社文庫　目録

中場利一　岸和田少年愚連隊
中場利一　岸和田少年愚連隊　血煙り純情篇
中場利一　岸和田少年愚連隊　望郷篇
中場利一　岸和田少年愚連隊　外伝
中場利一　岸和田少年愚連隊　完結篇
中場利一　スケバンのいた頃
中山可穂　感情教育
中山可穂　マラケシュ心中
中村うさぎ　中村うさぎの四字熟誤
中村泰子　「ウチら」と「オソロ」の世代〈東京・女子高生の素顔と行動〉
中山康樹　ディランを聴け!!
中山康樹　リッスン〈ジャズとロックと青春の日々〉
永井するみ　防風林
永井　隆　ドキュメント敗れざるサラリーマンたち
中島誠之助　ニセモノ師たち
梨屋アリエ　でりばりぃAge
梨屋アリエ　ピアニッシシモ
中原まこと　いつかゴルフ日和に
中島京子　FUTON

西村京太郎　天使の傷痕
西村京太郎　D機関情報
西村京太郎　殺しの双曲線
西村京太郎　名探偵が多すぎる
西村京太郎　ある朝海に
西村京太郎　脱出
西村京太郎　四つの終止符
西村京太郎　おれたちはブルースしか歌わない
西村京太郎　名探偵も楽じゃない
西村京太郎　悪への招待
西村京太郎　名探偵に乾杯
西村京太郎　七人の証人
西村京太郎　ハイビスカス殺人事件
西村京太郎　炎の墓標
西村京太郎　特急さくら殺人事件
西村京太郎　変身願望
西村京太郎　四国連絡特急殺人事件
西村京太郎　午後の脅迫者
西村京太郎　太陽と砂

西村京太郎　寝台特急あかつき殺人事件
西村京太郎　日本シリーズ殺人事件
西村京太郎　L特急踊り子号殺人事件
西村京太郎　寝台特急「北陸」殺人事件
西村京太郎　オホーツク殺人ルート
西村京太郎　行楽特急《ロマンスカー》殺人事件
西村京太郎　南紀殺人ルート
西村京太郎　特急「おき3号」殺人事件
西村京太郎　阿蘇殺人ルート
西村京太郎　日本海殺人ルート
西村京太郎　寝台特急六分間の殺意
西村京太郎　釧路・網走殺人ルート
西村京太郎　アルプス誘拐ルート
西村京太郎　特急「にちりん」の殺意
西村京太郎　青函特急殺人ルート
西村京太郎　山陽・東海道殺人ルート
西村京太郎　十津川警部の対決
西村京太郎　南神威島
西村京太郎　最終ひかり号の女

西村京太郎　富士・箱根殺人ルート
西村京太郎　十津川警部の困惑
西村京太郎　津軽・陸中殺人ルート
西村京太郎　十津川警部C11を追う
西村京太郎　越後・会津殺人ルート〈追いつめられた十津川警部〉
西村京太郎　華麗なる誘拐
西村京太郎　五能線誘拐ルート
西村京太郎　シベリア鉄道殺人事件
西村京太郎　恨みの陸中リアス線
西村京太郎　鳥取・出雲殺人ルート
西村京太郎　尾道・倉敷殺人ルート
西村京太郎　諏訪《すわ》・安曇野《あずみの》殺人ルート
西村京太郎　哀しみの北廃止線
西村京太郎　伊豆海岸殺人ルート
西村京太郎　倉敷から来た女
西村京太郎　南伊豆高原殺人事件
西村京太郎　消えた乗組員《クルー》
西村京太郎　東京・山形殺人ルート
西村京太郎　八ヶ岳高原殺人事件

西村京太郎　消えたタンカー
西村京太郎　会津高原殺人事件
西村京太郎　超特急「つばめ号」《イベント・トレイン》殺人事件
西村京太郎　北陸の海に消えた女
西村京太郎　志賀高原殺人事件
西村京太郎　美女高原殺人事件
西村京太郎　十津川警部　千曲川に犯人を追う
西村京太郎　北能登殺人事件
西村京太郎　雷鳥九号《サスペンス・トレイン》殺人事件
西村京太郎　十津川警部　白浜へ飛ぶ
西村京太郎　上越新幹線殺人事件
西村京太郎　山陰路殺人事件
西村京太郎　十津川警部　みちのくで苦悩する
西村京太郎　殺人はサヨナラ列車で
西村京太郎　日本海からの殺意の風〈寝台特急「出雲」殺人事件〉
西村京太郎　松島・蔵王殺人事件
西村京太郎　四国情死行
西村京太郎　十津川警部　愛と死の伝説(上)(下)
西村京太郎　竹久夢二　殺人の記

西村京太郎　寝台特急「日本海」《メモリー・トレイン》殺人事件
西村京太郎　十津川警部　帰郷・会津若松
西村京太郎　特急「あずさ」《アリバイ・トレイン》殺人事件
西村京太郎　特急「おおぞら」《ハイデッカー・エクスプレス》殺人事件
西村京太郎　寝台特急「北斗星」《ロイヤル・トレイン》殺人事件
西村京太郎　十津川警部　姫路・千姫殺人事件
西村京太郎　十津川警部の怒り
西村京太郎　新版　名探偵なんか怖くない
西村京太郎　十津川警部「荒城の月」殺人事件
西村京太郎　宗谷本線殺人事件
西村京太郎　奥能登に吹く殺意の風
西村京太郎　特急「北斗1号」《スーサイド・トレイン》殺人事件
西村寿行　異常者
日本文芸家協会編　春宵　濡れ髪しぐれ〈時代小説傑作選〉
日本文芸家協会編　地獄の無明剣〈時代小説傑作選〉
日本文芸家協会編　愛染夢灯籠〈時代小説傑作選〉
日本推理作家協会編　犯罪ロードマップ〈ミステリー傑作選1〉
日本推理作家協会編　殺人現場へどうぞ〈ミステリー傑作選2〉
日本推理作家協会編　ちょっと殺人を〈ミステリー傑作選3〉

講談社文庫　目録

講談社文庫　目録

2007年9月15日現在